로크미디어가
유혹하는
재미있는 세상

이것이 법이다

이것이 법이다 54

2018년 12월 20일 초판 1쇄 인쇄
2018년 12월 26일 초판 1쇄 발행

지은이 자카예프
발행인 이종주

기획 팀 이기헌 왕소현 박경무 이승제
책임 편집 최전경

발행처 (주)로크미디어
출판등록 2003년 3월 24일
주소 서울시 마포구 성암로 330 DMC첨단산업센터 3층 318호, 319호
Tel (02)3273-5135 Fax (02)3273-5134
홈페이지 rokmedia.com E-mail rokmedia@empas.com

ⓒ 자카예프, 2015

값 8,000원

ISBN 979-11-294-0837-2 (54권)
ISBN 979-11-255-9575-5 04810 (세트)

이것이 법이다

54

자카예프 장편소설

로크미디어

CONTENTS

돈? 무슨 돈?

"거당채권이라……. 질이 안 좋은 곳이군요."

고문학은 턱을 스윽 문지르면서 말했다.

"그놈들, 질이 안 좋습니다."

"그래요?"

"네."

대한민국에서는 채권 회수에 관해 명확하게 법으로 방식을방식과 한계를 규정하고 있다.

일몰 후 방문 금지, 하루 3회 이상 전화 금지, 그리고 회사 등지에 통지 금지 등등 말이다.

"하지만 거당채권은 그런 거 신경 쓰지 않는 놈들로 유명합니다. 독종들이지요. 말로는 채권자의 장기도 빼낸다고 할 놈들이니."

"실제로도 그런가요?"

손채림의 질문에 고문학은 어깨를 으쓱했다.

"그랬으면 지금까지 남아 있겠습니까?"

그러니까 협박과 괴롭힘에 특화되어 있다는 소리다.

"그런 곳에 넘길 줄은 저도 몰랐네요."

거당채권에 대해서 알고 있는 고문학은 상당히 우려 섞인 표정으로 말했다.

거당채권의 악질적인 행태는 상당히 유명하다.

몇 번 벌금을 내면서도 끝끝내 행동을 고치지 않는 곳이기 때문이다.

사실 그렇게 해서 버는 돈이 벌금보다 더 많으니까 당연하다면 당연한 일이다.

더군다나 그 뒤에 든든한 백이 있다면야 더더욱 그럴 수밖에 없다.

"로비를 많이 하는가 보군요."

"네. 3차 채권 업체 중에서는 제일 큰 곳이니까요."

"3차 채권?"

그게 무슨 뜻인지 모르는 손채림은 고개를 갸웃했다.

그런 그녀에게 노형진은 차분하게 설명해 줬다.

"채권도 거래되는 건 알지?"

"응, 그거야 알지."

"그런데 그중에는 악성 채권도 있기 마련이거든. 그런 곳들은 아무래도 정상적인 기업일수록 회수가 불가능해."

가령 은행에서 자체적으로 회수하려고 하는 것은 1차 채권이라고 볼 수 있다.

그런 곳은 신용 등급 하락, 내용증명 발송, 압류 등 합법적인 선에서 회수하려고 한다.

하지만 진짜 아무것도 없어서 방법이 없거나 애초에 갚지 않을 생각으로 빌려 간 놈들은 대책이 없다.

"그러면 보통 채권의 40% 정도를 포기하고 제2차 회수 업체에 넘겨 버려."

그러니까 2차 업체는 60%의 가격에 사 와서 회수해 차익을 남기는 것이다.

이자까지 생각하면 50% 이상 남기는 거다.

"당연히 이쪽은 은행과 다르게 더욱 필사적이지."

채권 회수 외에 다른 수익처도 있는 은행과 달리 구입한 채권을 회수하는 것만이 수익을 내는 방법이기 때문이다.

하지만 그렇다고 해도 그들 역시 합법적인 방법 내에서만 활동해야 하기 때문에 회수율이 아주 높을 수는 없다.

은행보다 좀 더 체계적이고 집요하기는 하지만 말이다.

"그렇지만 거기서도 회수되지 않는 그런 돈이 있지."

진짜 악질적인 경우, 그들은 회수할 방법이 없다.

그러면 3차 채권 회수 회사에서 구입해 간다.

그 가격은 원래 채권의 20%에서 30% 선.

"그런 곳은 불법적인 방법도 불사하며 채권을 회수하려고 해."

"헐?"

"그리고 우리가 소송했던 애플머니 같은 경우 2차 채권 업체에 가깝지."

그 산하에 회수 팀이 있을 테니까.

아무래도 그들은 1차보다는 좀 더 독하게 회수할 것이다.

"그런데 왜 3차에 넘긴 거야?"

"못 이길 게 뻔하니까."

노형진이 건 채무 관계 부존재 소송.

이 사건에서 애플머니가 이길 가능성은 제로에 가깝다.

애초에 그들이 본인 확인 절차를 제대로 지키지도 않은 데다가, 그 근본이 된 사항도 범죄를 기반으로 한 것이니까.

"더군다나 전에도 말했다시피 그 사건에서는 내부의 누군가가 유착할 수밖에 없어."

애플머니 내부의 누군가가 유착 관계에 있는 것이 아니라면 이번 사건은 성립될 수가 없다.

그리고 경찰의 수사가 계속되는 현재 상황에서 그의 신분이 드러나는 것은 시간문제.

"질 수밖에 없는 상황이지. 그렇다면 손해를 최소화하는 방법은 뭘까?"

바로 채권을 넘기는 것.

"하지만 채권을 넘기는 것은 불법이잖아? 설사 아니라고 해도, 채권을 넘기면 불법적인 채권이 되는 건 뻔한 사실이고."

"채권을 넘기는 건 기본적으로 불법이야. 하지만 특약이 있으면 아니지."

채권을 넘기기 위해서는 당사자 간의 합의가 있어야 한다.

즉, 채무자가 채권을 넘기는 데 동의해야 한다.

"그래서 이런 채권은 애초에 계약할 때 채권양도에 동의한다는 내용을 넣어 둬."

"그래?"

"그래야 나중에 팔아먹을 수 있으니까."

그리고 그걸 넘겨받은 회사는 선의의 제3자라는 주장을 하면서 강제로 수거하는 것이다.

"아마 애플머니는 이제 당사자가 아니라고 하면서 스윽 빠져나가려고 하겠지."

"그게 가능해?"

"당연히 불가능하지. 애초에 근본이 되는 것이 무효인데 채권이 존재하겠어?"

"그런데 왜?"

"3차 업체니까."

그들은 절대로 합법적으로 활동하지 않는다.

그들은 돈을 받아 내기 위해서 협박하고 괴롭히며, 최악의 경우 폭력까지 행사한다.

"그런 놈들이 그런 문제에 대해서 신경이나 쓰겠어?"

"그러다가 처벌받으면?"

"'담당자가 바뀌었습니다.'라고 말하고 끝이야. 그리고 처음부터 다시 시작되지."

듣고 있던 방탄석은 얼굴이 핼쑥해졌다.

"다 그런 식입니까?"

"네, 애석하게도요. 놈들은 절대로 쉽게 돈을 포기하지 않습니다."

"하지만 그렇게까지 할 거라면 차라리 자신들을 속인 범죄자에게 돈을 달라고 하는 게……."

"할 겁니다."

"네에?"

"손해배상이라는 명목으로 돈을 달라고 할 거라고요."

"헐?"

결국 돈을 여기서 뜯고 저기서도 뜯어서 불린다는 뜻인데.

"놈들의 악질적인 수법 중 하나죠."

어깨를 으쓱하는 노형진.

이 방법 때문에 얼마나 많은 사람들이 피눈물을 흘렸던가?

부존재 소송을 한다? 그러면 그들은 소송이 끝나기 전에

제3의 업체에 넘긴다.

그리고 그 후에 또 똑같이 자기들은 제3자라고 하면서 돈을 내놓으라고 협박한다.

"결국 돈을 다 받아 낼 때까지 포기하지 않을 겁니다."

"우우."

방탄석은 얼굴을 부여잡았다.

노형진 덕분에 그래도 3천은 줄었다. 다른 곳에서는 자신의 과실을 인정하고 포기한 덕분이다.

하지만 다른 곳은 집요하게 괴롭힐 생각인 듯했다.

"그러면 어떻게 하지요, 네? 그냥 포기해야 하나요?"

저쪽에서 작정하고 괴롭힌다면 자신들은 포기해야 하는 게 너무 많다.

더군다나 저쪽은 사실상 조폭들과 연계되어 있는 듯했다.

"걱정하지 마세요. 저들이 아무리 조폭이라고 해도 섣불리 손을 대지는 못합니다."

"네?"

"이쪽은 어중이떠중이가 아니니까요."

아무리 저들이 조폭들과 손잡았다고 하지만 새론에 저항할 정도의 힘을 가진 것은 아니다.

그러니 저들이 폭력을 행사하기는 힘들다.

"그래도 계속 달라고 할 거 아닙니까?"

"그렇지요."

노형진은 고개를 끄덕거렸다.

"그러면 혹시 한 사장님께 도움을 청하려고 하시는 겁니까?"

한만우.

노형진의 도움을 받아서 전국구 조폭으로 일어선 남자였다.

그는 주먹으로 빼앗는 게 아니라 이권을 가지고 상대방을 설득했고, 그래서 반쯤은 양성화되었으면서도 언론과 경찰과 결탁한, 약간 이상한 형태의 전국구 폭력 조직을 가지고 있었다.

"아니요. 그럴 수는 없습니다."

"네?"

"한 사장님은 양성화를 위해서 노력하고 있는데 이런 부탁을 하면, 까딱 잘못하면 주먹질이 오가게 되거든요."

그러면 곤란해지는 건 한 사장이다.

물론 노형진쯤 되는 사람이 부탁하면 한 사장도 거절하지는 않을 테지만 그게 더 문제다.

"거당채권쯤 되는 녀석의 뒤에 있는 놈들이 그저 그런 동네 조폭은 아닐 거 아닙니까?"

"그건 그렇지요."

전국구급 규모는 아니라고 할지라도 상당한 규모를 가진 곳일 수밖에 없는 것이 현실이다.

그리고 로비에 관해서는 어떤 면에서는 거당채권 측이 더 유리할 수도 있다.

한만우의 용화파의 경우에는 아직 지역 정치인들에게 선을 대고 있는 실정이지만 거당쯤 되면 중심 쪽에 손을 대고 있을 가능성이 높으니까.

"용화파는 아직 더 커야 합니다. 그래야 우리가 써먹을 수 있어요. 벌써 드러내면 곤란합니다."

"그러면 어쩌려고? 그냥 줄 수는 없잖아?"

사실 노형진이 주고 끝내면 편하기는 하다.

하지만 그러면 이 사건을 시스템화하려는 노형진의 노력이 의미가 없어진다.

"우리가 쓸 방법은 상계야."

"상계?"

"그래. 결국 조직이라는 것은 개인의 집합이거든."

"그런데?"

"개인이 무너지면 조직도 무너지는 법이지."

노형진은 미소를 지었다.

⚖️

"야, 이 새끼야! 돈 내놔!"

방탄석과 방현수의 아파트 앞.

그곳에 일단의 남자들이 몰려와서 고래고래 소리를 지르고 있었다.

불이 꺼져 있고 아무도 없는 듯한데도 그들은 문을 두들기면서 겁을 주고 있었다.

"당장 돈 안 내놔! 안 나오면 배때기를 확 쑤셔 버린다!"

컴컴한 밤에 어둑어둑한 어둠을 배경으로 시커먼 양복을 입은 남자들 다섯 명이 뭉쳐서 고래고래 소리를 지르자 옆집 사람들이 문을 열고 빼꼼하게 고개를 내밀었다.

그걸 본 남자들은 더욱 목청을 높여 소리를 질러 댔다.

"모가지 안 집어넣어! 모가지 따이고 싶어, 어?"

그러자 사람들은 후다닥 문을 닫고 들어가 버렸다.

그걸 본 남자들은 피식 웃으면서 다시 방현수의 집 문을 두들겼다.

"이 새끼야! 안에 있는 거 다 알아! 안 기어 나와?"

그렇게 그들이 혼란을 일으키자 저 멀리서 다급하게 장년의 남자 두 명이 다가왔다.

그들은 다섯 남자들을 보고는 침을 꿀꺽 삼켰다.

"지금 뭐 하는 짓들입니다!"

고개를 돌려서 두 사람을 본 다섯 명은 피식 웃었다.

"뭐야? 짭새라도 되는 줄 알겠네."

파란 점퍼에 파란 모자 그리고 손에 들 플래시 하나.

다름 아닌 경비원이었다.

사실 아파트 경비원은 대부분 나이가 지긋한 분들이 많다.
그것도 인원수는 두 명.

그러니 다섯 명이나 되는 조직원들과 싸움이 될 리 없다.

"아저씨들, 오래 살고 싶으면 꺼져. 쓸데없이 끼어들다가
뒈진 다음에 질질 짜지 말고."

"여기는 남의 집이에요! 당신들이 뭐라고 지금 이러는 겁
니까?"

"남의 집이고 나발이고, 난 돈 받으러 온 거라고! 돈!"

"당장 나가세요! 안 그러면 경찰 부르겠어!"

"뭐라고? 이 새끼가 증말!"

주먹을 쥐고 경비들에게 다가가는 남자들.

경비들은 움찔하면서도 핸드폰을 꺼내 들었다.

무기라고 할 것도 없고 싸우면 질 게 뻔하지만, 여기서 도
망가면 자신들은 잘릴 수밖에 없다.

하나 자신과 가족들의 생계를 위해서는 그럴 수 없다.

여자는 약해도 어머니는 강하다는 말처럼, 남자들 역시 가
족의 생계가 달려 있으니 절로 악이 솟아난 것이다.

"쳐 봐! 당장 경찰 부를 테니까!"

핸드폰으로 112를 누르면서 고래고래 소리를 지르는 경
비.

"그만둬라."

문을 두들기던 남자가 다른 남자들을 말리면서 눈을 찌푸

렸다.

"이제 시작인데 일 시끄럽게 만들면 쓰나."

"네, 형님."

"거 아저씨들, 오늘은 이만 가는데, 늙으려면 곱게 늙으셔야지. 안 그러면 쥐도 새도 모르게 모가지 따이는 수가 있어."

그들은 몸을 돌려 경비원들의 얼굴과 어깨를 툭툭 치고는 떠나갔다.

그리고 얼마간이 지나자 두 경비는 다리가 풀렸는지 그대로 주저앉았다.

끼이익.

그제야 방현수의 집 문이 열리면서 고개를 빼꼼 내미는 사람이 있었다.

그런데 그 사람은 방현수나 방탄석이 아닌 노형진이었다.

"갔나요?"

"네? 아, 네."

"아이고, 고생하셨습니다. 들어오셔서 커피라도 한잔하세요."

"가, 감사합니다."

경비들은 쭈뼛거리면서 집 안으로 들어왔고, 다섯 사내가 멀리 사라진 걸 창으로 확인한 후에야 방현수는 불을 켜고 커피를 가져다줬다.

이것이 법이다

"좀 떨리셨죠?"

"네, 많이 떨리네요."

"하하하, 그렇기는 하지요. 하지만 그들은 이런 공공장소에서 다른 사람에게 손을 대지는 못합니다. 그랬다가는 경찰이 가만히 안 있거든요."

따뜻한 커피를 마시며 두 사람은 안도의 한숨을 내쉬었다.

"그나저나 감사합니다, 이렇게까지 신경을 써 주시고."

"별말씀을요. 다 같이 먹고살자고 하는 짓인데요."

노형진은 빙긋 웃었고, 한쪽에서 가족들을 다독거리던 손채림은 혀를 내둘렀다.

"그 짧은 사이에 이렇게 머리를 쓰냐?"

"좋은 게 좋은 거 아니겠어?"

노형진은 그들을 역습하기 위해서 아파트에 왔다가 의외의 표지를 확인했다.

경비원 해고의 건에 대해서 아파트 부녀회에서 공고를 낸 것이다.

현 경비원들 중 50%를 자르자는 내용이었다.

"그런데 왜 50%나 자르자는 거야?"

"그래야 해 먹을 수 있는 게 많잖아. 너도 기록을 봐서 알지? 아파트 부녀회는 하나의 권력 집단이야."

"알지. 이 단지 내에 경비원이 몇 명인데."

이 단지 내에민 경비원이 쉰 명이 넘는다. 그런데 그들을 스물다섯 명으로 줄이면 적지 않은 돈이 남는다.

부녀회는 그 돈에 눈독을 들이는 것이다.

"그들이 하는 잡다한 내부 업무에는 신경도 안 쓰는 거야."

사실 경비를 줄이자고 하는 사람들의 주장은 대부분 멍하니 앉아서 있는 사람들을 쓰면 뭐 하느냐는 것이다.

하지만 경비원의 업무는 생각보다 많다.

일단 재활용 쓰레기도 정리해야 하고, 눈과 낙엽도 치워야 한다. 그와 동시에 외부 통제도 해야 하니 인원을 그렇게 줄이면 문제가 될 수밖에 없다.

"그런데 그러한 업무들은 일반적으로 주민들이 잘 느끼지 못하는 거거든."

사람들은 영화에 열광할 뿐 뒤에서 그걸 찍기 위해서 노력하는 스태프를 모르듯이, 경비원들이 그들의 일상을 도와주는 것을 모른다. 그러니 쓸모없는 사람들이라고 주장하는 것이다.

그럴 수밖에 없는 게, 상대적으로 아파트는 도둑이 들어오기 힘들다.

경비원이라는 존재도 있지만, 고층을 타고 올라가다 보면 눈에 띌 수밖에 없으니까.

경비원이 진짜로 직접 도둑을 잡는다는 것보다는 그 존재감으로 일종의 경비, 즉 예방한다는 것을 모르는 사람들의 주장은, 지금 전쟁하지 않으니 군대가 필요 없다는 것과 마찬가지인 셈이다.

"그럴 때는 존재감을 어필해 주는 거지."

노형진은 이들이 집으로 올 것을 알고 있었다.

그래서 경비원들에게 미리 이야기해 둔 것이다. 와서 쫓아내라고.

어차피 그들을 함정에 빠트릴 거라면 경비원들을 도와주는 것도 좋은 일이니까.

"과연. 역시 노형진이야."

손채림은 대단하다는 듯 바라보았다.

이번 사건으로 아파트 입주민들은 경비원들의 필요성을 확연하게 느꼈을 것이다. 그러니 당분간은 경비원을 없애자는 소리는 못 할 것이다.

"하지만 다른 집에서 신고했을 수도 있잖아요."

방탄석은 우려 섞인 표정으로 말했다.

다른 사람이 신고해서 그들이 물러간다면 경비원의 가치는 하락하게 된다.

"압니다. 그래서 제가 미리 준비한 게 있지요."

노형진은 종이 뭉치를 살랑살랑 흔들었다.

"사실 이번 사건과 별로 관련은 없지만 서비스 차원에서 해 드리는 겁니다. 저도 돈 때문에 사람의 노력을 무시하는 걸 싫어해서요."

"허."

"이걸 뿌리면 아마 다들 입을 꾸욱 다물 겁니다. 상부상조해야지요."

노형진은 미소를 지으면서 커피를 들이켰다. 그리고.

"아뜨뜨!"

순간 원 샷을 하다가 너무 뜨거워서 호들갑을 떨었다.

⚖️

다음 날 손채림은 퇴근하다가 불안한 눈빛으로 모여 있는 사람들을 발견했다.

"왜 그러세요?"

"아, 색시."

"색시 아니라니까요."

"아가씨, 하여간 이것 봐 봐."

그녀들이 손채림에게 내민 것은 조잡하게 만든 전단지였다. 거기에는 다음과 같이 써 있었다.

신고한 새끼들 뒈진다. 알았냐?

특히 408호, 뒤통수 조심해라. 손가락 잘못 놀리면 병신 되는 거 순간이다.

그걸 보고 다들 공포에 질려 버린 것이다.

"어저께 와서 난리를 친 놈들이 새벽에 뿌린 건가 봐."

"아유."

"세상 무서워서 살겠나."

그걸 보면서 손채림은 피식 웃었다.

사실 이 종이를 뿌린 것은 노형진이다.

사람들은 보복을 두려워한다. 그리고 신고는 익명성에 기대어 만들어진다.

그러나…….

'이렇게 호수를 지적하면 사람들은 익명성이 없다고 생각한다던가?'

노형진이 그랬다, 특정된다고 생각하면 사람들은 급속도로 움츠러든다고.

그러면 자기 스스로 지키기보다는 누군가에게 지켜 달라고 한다고.

자기가 신고하기 무서우니 대신 신고해 줄 누군가를 찾는 것이다. 바로 경비 같은 사람들.

"아휴, 세상이 흉흉해."

"조심해야겠어."

아줌마들의 호들갑을 들으면서 안으로 들어가던 손채림은 엘리베이터에 붙어 있는 이번 아파트 부녀회 회의 안건을 보고 피식했다.

어제만 해도 '경비원 50% 감축의 건'이라는 안건으로 회의를 하자고 붙어 있었다. 그런데 오늘은 '경비원 50% 증가의 건'으로 회의를 하자고 붙어 있다.

하루 사이에 잔뜩 겁먹은 것이다.

그리고…….

'408호, 부녀회장 집이었지, 아마. 큭큭큭.'

경비원들에게 갑질하면서 쓰레기 같은 놈들을 잘라야 한다고 매일같이 주장하던 아줌마의 얼굴이 생각나 손채림은 미소를 지었다.

⚖

거당채권은 집요하게 방탄석과 방현수를 괴롭히면서 돈을 내놓으라고 요구했다.

하지만 두 사람은 절대로 응하지 않았다.

그러자 그런 일을 한두 번 겪은 게 아니었던 거당채권은 두 사람을 점점 과격하게 괴롭히기 시작했다.

그리고 그 덕에 증거가 충분히 모였을 때 노형진의 반격이 시작되었다.

"당장 불법행위를 멈추지 않으면 법적으로 대응하겠습니다."

거당을 찾아가서 정식으로 항의한 것이다.

그러나 거당의 이사라는 인간은 피식 비웃을 뿐이었다.

"우리가 시킨 거 아닌데요."

"밤에 찾아와서 협박하고 겁주고 낮에 따라다니고, 심지어 개인택시를 운전하는 방탄석 씨 앞으로 '칼치기'를 해서 사고를 유도하는 게 불법이 아니라고요?"

"전 모르는 일입니다. 우리는 아주아주 합법적으로 장사하거든요."

변호사들이 이렇게 찾아오는 것이 한두 번이 아니다.

그리고 저들이 할 수 있는 것은 신고뿐이며, 신고당했을 경우 벌금 몇십 정도만 내면 그만이라는 것 또한 이사는 잘 알고 있다.

그 뒤에 다시 집요하게 괴롭히면 되는 것이다.

원금과 이자, 그리고 벌금으로 낸 금액을 모조리 받아 낼 때까지.

"그래서 우리는 전혀 모르는 일입니다."

"그게 말이 됩니까!"

"글쎄요. 우리는 전혀 모르는 거라니까요, 담당자가 독단으로 처리한 거라."

"그렇단 말이지요."

노형진은 고개를 끄덕거렸다.

"그러면 확인해야겠습니다. 담당자를 불러 주세요."

"원하신다면야."

빈정거리면서 이사는 담당자를 불렀다.

그러자 집으로 찾아왔던 남자가 들어와서 고개를 팍 숙였다.

"부르셨습니까, 이사님?"

"아, 이분이 뭘 잘못 알고 오신 것 같아서. 김 과장, 너 추심할 때 무리 좀 했냐?"

"누구 말씀이십니까?"

"방현수인가 뭔가 하는 놈 말이야."

김 과장이라 불린 남자는 피식 웃었다.

그도 무슨 일이 벌어지고 있는 건지 안 것이다.

"조금 욱해서 그랬습니다, 이사님."

"욱해서?"

"네. 이놈들이 좀 악질이라서요."

"오호, 그래?"

마치 몰랐다는 듯 말하는 이사.

'악질 같은 소리 하고 자빠졌네.'

이들이 채권을 가지고 간 지 채 2주도 안 지났다. 그런데 벌써 악질 소리가 나올 리 없다.

이 채권이 권한이 없는 가짜 채권이라는 것 또한, 모를 리 없다.

'그렇게 나온다 이거지.'

여기서 이렇게 나올 거라는 것은 예상하고 있었다. 그래야 처벌이 약해지기 때문이다.

"보다시피 우리 김 과장이 욱해서 저지른 거라고 하네요."

"다시는 이러지 마십시오."

"글쎄요. 우리도 안 그러고 싶은데, 요즘에는 워낙 불량 채권자들이 많아서요. 마음 같아서는 내장이라도 가져다 팔고 싶다니까요."

눈을 찌푸리는 노형진.

그러나 상대방은 노형진이 기분이 나쁘든 말든 빈정거렸다. 자신이 있었기 때문이다.

"하지 마십시오. 마지막 경고입니다."

"우리도 하기 싫습니다. 하지만 워낙 악질이다 보니까요. 우리도 이렇게까지 하는 수밖에 없군요."

김 과장 역시 빈정거렸다.

노형진은 자리에서 일어났다.

어차피 말로 안 될 거라는 것쯤은 알고 있었다.

"알겠습니다."

어차피 기대도 하지 않고 왔다. 다만 저들에게 마지막 기회를 준 것뿐이었다.

"그러면 우리는 우리대로, 법적으로 대응하겠습니다."

"그러시든가요."

어깨를 으쓱하는 이사.

노형진이 나가고 난 후에 이사는 김 과장을 바라보았다.

"어때, 그쪽에서 토해 낼 것 같아?"

"벌써 꽁꽁 숨던데요? 다른 놈들하고 별반 다르지 않습니다. 족치다 보면 토하게 되어 있습니다. 이사님은 재판 시간만 끌어 주시면 됩니다."

"당연히 끌어 줘야지. 우리가 장사 하루 이틀 하나?"

재판을 끄는 사이에 적당히 족치면 상대방은 그 괴로움에서 벗어나기 위해서라도 돈을 줄 수밖에 없다.

그리고 그 후부터가 시작이다.

한 푼이라도 주면 그때는 채권을 인정한 꼴이 되기 때문에 당당하게 돈을 빼앗을 수 있는 것이다.

"그나저나 약간 찝찝하기는 한데."

"뭐가요?"

"저 인간 말이야."

"변호사요?"

"그래. 새론의 인간이란 말이지."

법무 법인 새론.

자신들에게는 절대로 반가운 이름이 아니다.

친서민 정책 기조를 유지하는 법무 법인인 데다가 상당히 유능한 곳이기 때문이다.

"아무래도 추심을 좀 서둘러야겠어. 저 녀석이 인맥을 써서 재판을 조기 종결해 버리면 우리가 곤란해지거든."

"알겠습니다. 당장 애들 동원해서 족치겠습니다."

"아아, 손은 대지 마. 어찌 되었건 새론이야. 잘못 건드리면 여러모로 곤란해."

"네, 이사님."

김 과장은 고개를 팍 숙이고 이사실에서 나온 후 어디론가 전화했다.

"야, 난데, 애들 좀 데려와라. 주소 알지? 그래, 한 세 명만. 좀 족쳐야 할 놈이 있어."

그는 그렇게 말하고는 전화를 끊었다.

"벌금 내겠다는데 자기들이 어쩔 거야? 후후후."

그는 자신하고 있었다.

⚖

"벌금 내겠다고 하면 내게 해 주면 되는 거지, 뭐."

노형진은 경찰에 신고했다.

그동안 신고할 거리는 많았다.

집에서 괴롭힌 것, 칼치기를 해서 사고를 유도한 것, 주변에 협박한 것.

그 모든 게 다 신고거리였다.

"그래 봤자 벌금이라면서?"

"그렇지. 하지만 전에 말하지 않았던가?"

"응?"

"모든 채권은 거래가 가능하다, 후후후."

노형진은 두둑한 서류를 집어 들었다.

방현수를 찾아온 다섯 사람들.

그들의 신상 정보와 그들이 한 짓거리를 찍은 사진이었다.

거기에다 녹음된 파일과 녹화된 동영상, 덤으로 증인들의 증언까지.

그것만 있는 게 아니었다.

그들 집안의 채권 관계에 대한 정보도 들어 있었다.

"이게 있으면 그들이 하는 그대로 돌려줄 수 있거든."

"오호."

"특히 이 증언이면 충분히 오래오래 살게 해 줄 수 있어."

증언이 적혀 있는 서류를 흔드는 노형진.

손채림은 그걸 보고 피식 웃었다.

"아, 408호 아줌마. 크크크."

손채림이 웃자 노형진은 고개를 갸웃했다.

"응? 왜?"

"아니, 그거 증언받으러 갔을 때 생각나서."

그렇게 경비를 무시하면서 갑질을 하던 사람이 요즘은 누구 하나 만날 때마다 깜짝깜짝 놀란단다.

심지어 경비원들에게 먹을 것까지 가져다주면서 우리 집 좀 자주자주 봐 달라고 할 정도라고 하니.

"역시 인간은 자기가 당해 봐야 안다니까."

이것이 법이다

"그렇지."

"자, 그러면 이놈들은 자기가 당하면 어떻게 바뀌는지 알아보자고."

역지사지라는 게 뭔지, 노형진은 아주 제대로 보여 줄 생각이었다.

⚖

−여보, 큰일 났어요!

김 과장, 아니 김덕배는 집에서 온 전화에 눈을 찌푸렸다.

"큰일? 뭔 큰일?"

−돈을 갚으라고 사람들이 와서 난리를 치고 있어요.

김덕배는 어리둥절했다.

물론 그도 빚이 있기는 하지만 만기까지는 아직 시간이 남았다. 그런데 돈을 갚으라고 이 야밤에 오다니?

"무슨 소리야? 돈이라니?"

−빨리 와 봐요!

김덕배는 어리둥절한 얼굴로 자리에서 일어났다.

집에 일이 터졌다고 하니 그냥 있을 수는 없었던 것이다.

"형님, 저 집에 일이 터진 것 같아 좀 갔다 오겠습니다."

"일? 무슨 일?"

"그게, 빚을 받으러 왔답니다."

"무슨 소리야?"

"저도 잘 모르겠습니다."

그는 일단 이야기하고 다급하게 집으로 갔다.

집에 도착해 보니 다섯 사람이 입구를 지키고 있었다.

"당신들 뭐야!"

"우리? 돈 받으러 왔다."

건장한 사내들을 본 김덕배는 침을 꿀꺽 삼켰다.

자신도 협박도 많이 하고 겁도 많이 줬지만, 상대방은 자신과 급이 다른 그런 분위기를 풍기고 있었다.

당연하다.

최소한 김덕배는 감정을 가진 인간이지만, 이들은 노형진이 최악의 사태를 막기 위해서 고용한 소시오패스나 사이코패스니까.

일반적인 인간과는 달리 감정도 느끼지 못하니 분위기가 다를 수밖에.

"너 이 새끼들!"

김덕배는 애써 용기를 내어 멱살을 잡았다.

그러나 멱살이 잡힌 남자는 피식 웃을 뿐이었다.

"한밤중에 남의 집에서 무슨 짓이야?"

"무슨 짓은? 돈 받으러 왔다니까."

"무슨 돈!"

"이거."

들고 있던 서류를 살랑살랑 흔드는 남자.

그걸 빼앗아 든 김덕배는 눈이 휘둥그레졌다.

자신의 채권이었다. 아파트를 사기 위해서 빌린 돈에 대한.

그게 남자의 손에 있었다.

"이건 뭐야?"

"뭐긴, 채권이지."

"뭐?"

"이거 손에 넣느라고 고생 좀 했다."

남자는 히죽 웃었다.

그걸 본 김덕배는 눈이 휘둥그레졌다.

"어디 한번 죽어 보자, 알았지?"

"너 이 새끼……."

당장이라도 주먹을 휘두를 것처럼 눈에 불을 켜는 김덕배.

그러나 그런 그의 행동은 실패할 수밖에 없었다.

"김덕배 씨?"

김덕배는 자신을 뒤에서 붙잡는 남자들에게 본능적으로 주먹을 휘두르려고 했다.

하지만 그런 그의 행동을 예상이나 한 듯, 그들은 능숙하게 회피하고 그의 팔을 잡았다.

"경찰입니다. 같이 가 주셔야겠습니다."

"경찰? 경찰이면 저놈들을 잡아야지!"

경찰이라는 말에 고래고래 소리를 지르는 김덕배.

하지만 눈앞에 들이밀리는 것은 그가 원하는 게 아니었다.

"당신한테 구속영장이 발부되었습니다."

"구속영장?"

"네. 같이 가 주셔야겠습니다."

김덕배는 자신에게 채워지는 수갑을 보면서 몸부림쳤다.

그때 마침 밖에 나온 아들이 그 모습을 보고 눈빛이 격하게 흔들리기 시작했다.

사실 아이들에게 부모가 범죄로 체포당해서 수갑을 차고 끌려가는 모습을 보여 주는 것은 그리 좋은 일이 아니다.

"아, 아빠?"

"아냐! 난 억울해! 여보! 여보! 설명 좀 해 줘! 난 억울하다고!"

하지만 이미 증거가 다 들어간 상황이다.

물론 처벌은 어찌할 수가 없다. 법이 있으니 노형진이 마음대로 바꿀 수는 없는 노릇.

하지만 구속은 다르다.

사실 사람들이 착각하는 게, 구속은 처벌이 아니다.

구속은 범죄자가 도주 및 증거인멸의 우려가 있을 때 그의 인신을 잡아 두는 것뿐이다.

"난 아니야!"

그가 끌려 나가는 모습을 보며 히죽히죽 웃던 남자들은 파리한 얼굴로 질려서 서 있는 여자와 아들을 바라보았다.

"그래서, 돈은 언제 갚을 건데?"

그 말에 여자는 다리가 풀려서 쓰러지고 말았다.

⚖️

"이게 무슨 일이야!"

거당채권의 직원들이 갑자기 공포에 떨기 시작했다.

이유는 간단했다. 직원들이 모두 구속되어 들어갔던 것이다.

그것도 가족들 앞에서 말이다.

가족이 풍비박산 나는 분위기였다.

아무리 그들이 피도 눈물도 없는 채권업자라고 하지만 가족이 무너지는 것을 그냥 두고 볼 수는 없는 노릇.

그리고 그런 일이 벌어질 때마다 거당채권의 최판술 사장은 입술이 바짝바짝 말랐다.

"채권 회수량이 확 줄었습니다."

"당연한 거 아냐!"

여기에 모여 있는 건 3단계 채권들. 즉, 악질 중에서도 악질 채권이었다.

그러니 그냥 말로 한다고 돌려줄 리 없다.

어느 정도의 압력과 협박이 필수인데, 그렇게 하면 가차

없이 구속영장이 떨어진다.

그것도 회사에서 체포하는 게 아니라 집 앞에서 가족들을 불러낸 뒤 그들의 눈앞에서 수갑을 채워 끌고 가 버린다.

"꼴이 이런데 누가 회수를 해!"

최 사장의 분노에 이사들은 진땀을 흘렸다.

하지만 그들이라고 할 수 있는 게 있을 리 없다.

누가 하는지도 뻔하게 안다. 채권을 산 사람들을 찾는 건 어려운 일이 아니었다.

그 뒤에는 새론채권 회수 팀이 있었다.

그들이 자신들과 똑같은 방법으로 자신들의 직원들을 찍어 누르기 시작한 것이다.

"그들이 한 방법은 우리와 똑같습니다. 무서울 정도로요."

자신들이 야밤에 채무자의 집에 찾아가면 똑같이 집에 찾아가서 깽판을 치고, 칼치기를 하면 똑같이 칼치기를 한다.

전화를 미친 듯이 하면 저들도 전화를 미친 듯이 하고, 회사에 가서 깽판을 치면 저들도 여기에 와서 깽판을 친다.

직원들이 바보도 아니고, 자신들이 했던 행동이 그대로 바로 다음 날에 드러나니 차마 공격적으로 채권 회수를 할 수가 없었다.

"그리고 그들의 처벌도 벌금이지."

자신들이 바친 뇌물? 자신들의 인맥?

아무리 자신들이 잘나 봐야 새론에 비할 바는 못 된다.

자신들은 아는 사람을 통해서 부탁이 들어가지만, 저들은 판사나 검사에게 직접적으로 청탁이 들어가니까.

노형진은 천사가 아니다.

이기기 위해서라면, 그리고 그 승리가 올바른 세상을 위한 것이라면 청탁이나 뇌물도 꺼리지 않는다.

"이건 못 이길 게임입니다."

물론 거당 측에서도 신고는 했다.

하지만 저들과 다른 것.

그건 자신들이 신고당하면 구속영장이 나온다는 것이고, 저들은 신고를 해도 구속되지 않는다는 것이다.

게다가 당장 업무에 투입되지 않았던 직원들마저 구속되어 들어가니 다들 주눅이 들 수밖에 없었다.

"어쩌지요?"

"끄응."

사장은 머리를 부여잡았다.

이런 판에서는 할 수 있는 게 없다. 저쪽에서 진짜 죽이려고 달려드니 이건 대책이 없다.

'만만하게 봤는데.'

절대 만만한 게 아니었다.

사실 다른 변호사들이 몰라서 이리하지 않은 게 아니다.

다만 그럴 이유가 없어서 이렇게까지는 하지 않은 것뿐이다.

채무자 대부분은 가난해서 돈이 없다.

그런 사람들의 사건을 맡아 봐야 변호사가 돈을 얼마나 받겠는가? 그러니 열심히 안 해서 그런 것뿐이다.

하지만 새론은 다르다.

동일한 사건, 동일한 법률적 지원.

그게 새론의 모토.

그러니 전력을 다해서 말려 죽일 각오로 덤비고 있는 것인데, 어쭙잖은 사채 회사가 이길 수 있는 수준이 아니었다.

"젠장."

사장은 입술을 깨물었다.

그렇게 한참의 침묵 끝에, 누군가 입을 열었다.

"사장님, 한만우 사장님께 도움을 요청하는 것이 어떻겠습니까?"

"한 사장에게?"

"네. 새론과 각별한 관계라고 들었는데요."

"으음."

이 바닥이 매일 항쟁으로 날을 지새우는 건 아니다.

분쟁이 터지면 일단은 대화로 해결하려고 한다. 그래야 피차간 이득이 되니까.

어차피 항쟁 모드에 들어가면 경찰이 달라붙는다. 그래서 피해는 양쪽 다 입는다.

"하지만……."

세상의 모든 일이 다 그렇듯이 공짜란 없다.

자신들이 불리한 상황에서 중재를 요청하려면 그들에게 걸맞은 뭔가를 줘야 한다. 그러나.

'젠장, 어쩔 수가 없군.'

마음에 들지 않지만 방법이 없었다.

결국 그는 고개를 끄덕거렸다.

"한 사장에게 연락해 봐. 전면전으로 나설 수는 없는 노릇이니까."

⚖

노형진과 최판술 사장은 얼마 후, 조용한 일식집에서 만났다.

"이쪽은 노형진 변호사, 그리고 이쪽은 최판술 사장. 서로 인사해요."

한만우는 기분 좋은 미소를 짓고 있었다.

그럴 수밖에 없는 게, 자신이 중재를 요청받았으니 최판술은 자신에게 빚을 하나 진 셈이기 때문이다.

당장은 써먹을 수 없겠지만 최판술 역시 이 바닥에서 힘 좀 쓴다는 세력을 가진 사람이다. 그러니 이런 빚을 지워 두는 게 기분 나쁠 리 없었다.

"음식이 입에 맞으실지 모르겠습니다."

일단 최판술은 슬쩍 말을 돌리려고 했다.

물론 노형진은 그럴 생각이 없었지만.

"저희는 업무가 많아서요. 하실 말씀이 있으면 바로 해 주셨으면 합니다."

최판술은 슬며시 입술을 깨물었다.

저 일거리라는 것이 자기 사람들 감방에 처넣는 것이라는 것을 왜 모르겠는가.

"어허, 노 변호사. 그래도 식사 정도는 해야지."

"검찰청의 검사분들과 약속이 있어서요."

노형진은 있지도 않은 약속을 말하면서 씩 웃었다.

그리고 그럴수록 최판술의 얼굴은 더 똥 씹은 표정이 되었다.

"사실은 부탁이 있습니다."

"어떤?"

"쓸데없는 분쟁은 이쯤에서 그만두는 게 어떨까 합니다."

노형진은 피식 웃었다.

"쓸데없는 분쟁이 아니죠."

"네?"

"우리는 의뢰를 받아서 그걸 해결하는 것뿐입니다. 당연히 쓸데없는 분쟁일 수가 없지요, 돈 받고 하는 일인데."

최판술의 얼굴에 당혹감이 서렸다.

그러니까 이 싸움을 멈출 생각이 없다는 뜻이 아닌가?

'크윽.'

그는 속이 바짝바짝 탔다.

물론 채권 업체로서 법을 지켜서 회수할 수도 있다.

하지만 진짜 악질적인 놈들은 그렇게 해서는 절대로 재산을 토해 내지 않는다.

애초에 얌전히 돈을 갚을 놈들이면 자신들에게까지 오지도 않는다.

"그러면 방현수는 포기하겠습니다."

이 모든 일이 방현수로 인해서 생겼다는 보고는 받았다.

사실 3천이라고 하지만 자신들이 준 돈은 1천만 원뿐이다. 그러니 그걸 포기한다고 해도 손해는 크지 않다.

이렇게까지 해도 아무것도 내놓을 게 없는 막장들은 분명히 존재하니, 그런 손실은 예상하고 하는 사업이니까.

그러나 그다음 말은 그의 눈을 절로 찡그리게 만들었다.

"다른 사람들은요?"

"다른 사람들?"

"채권을 넘긴 게 방현수만은 아닐 텐데요?"

"그걸 어떻게……?"

"의뢰인은 충분히 많습니다."

최판술 사장은 똥 씹은 얼굴이 되었다.

노형진은 그런 그를 보면서 속으로 실실 웃었다.

'내가 바보인 줄 아나.'

그들 일당이 핸드폰을 가짜로 개통해서 대출받은 것이 무려 20억이 넘는다. 그리고 그중에서 방현수는 첫 번째 피해자일 뿐이다.

어차피 소송을 통해서 받아 내는 게 글러 먹은 상황이라면, 분명히 이들에게 팔아먹었을 게 당연한 일.

"그걸 다 포기하셔야지요."

"그건……."

무려 백 건이 넘는다. 그리고 그걸 사기 위해서 적지 않은 돈을 투자했다.

그런데 그걸 다 포기하라니?

"아니면 끝까지 가시든가요."

노형진은 느긋하게 말했다.

어차피 다급한 것은 저쪽이지 이쪽이 아니다. 그리고 그가 믿는 것도 있었다.

"자, 자, 노 변호사, 그러지 말고. 이쪽도 이쪽 나름의 사정이 있는 법 아닌가?"

"사정은 제가 봐줄 수 있는 게 아닙니다. 멍청하게 사기를 당하고 나서 후회하는 걸, 제가 어떻게 사정을 봐줍니까?"

그건 바로 한만우.

미리 한만우에게 말해서 운을 띄워 달라고 해 놓은 것이다.

"사기?"

"그렇지 않습니까? 이건 명백하게 불법적 채권이고 절대로 회수하지 못하는 겁니다. 그렇지만 애플머니에서 모른 척하고 팔아 버린 거 아닙니까?"

노형진은 느긋하게 말하면서 의자에 기대앉았다.

"물론 당한 사람 입장에서야 억울하겠지만, 사업을 하면서 이 정도 건수에는 대비하셔야지요."

노형진은 느긋하게 말했지만 최판술의 머리는 팽팽 돌아가고 있었다.

"그게 사실인가요? 이게 사기라고요?"

"네, 사기죠. 아무 변호사에게나 가서 물어보세요. 이건 못 받는 돈입니다. 그런데 그걸 알면서도 판 거잖습니까?"

"음……."

그 말은 이쪽에서 줬던 돈도 받아 낼 수 있다는 뜻이다. 그렇게 되면 피해가 없기는 한데.

"어차피 이런 식으로 장사하려고 하면 우리랑 계속 부딪히게 될 겁니다. 우리가 이런 취업 사기를 전담으로 해결하는 전담 팀을 만들 예정이거든요."

"전담 팀을요?"

"네."

최판술은 눈을 찌푸렸다.

그러면 이런 식의 취업 사기로 발생한 채권은 자신들이 받아들여서는 안 된다.

다음번이라고 지금과 달라질 것 같지는 않으니까.

"만약에 말입니다."

최판술은 침을 꿀꺽 삼키면서 말했다.

"만약에, 진짜 만약에 우리가 이 채권에 대한 반환 청구를 한다면 저쪽은 어떻게 해야 하나요? 우리가 줬던 돈을 받을 수 있나요?"

"당연히 그렇지요."

그냥 악성 채권이라면 받을 수 없을 것이다.

하지만 일반적으로 발생한 채권도 아니고, 사기를 통해서 자신들의 과실로 인해서 받아들인 채권이 문제가 생긴 것이다.

즉, 이 모든 것은 애플머니의 실수이고, 그 책임은 애플머니가 져야 한다.

"그러면 만약에, 우리가 만약에 소송한다면?"

노형진은 씩 웃었다.

"만약에라고 가정할 필요가 있나요?"

"네?"

"애플머니가 악성 채권을 맡길 수 있는 곳은 한정되어 있는데요."

"아!"

어찌 되었건 거당채권은 한국에서 3차 채권 회수 업체 중에서는 최고다.

비록 자신들이 이번에 사기 건수로 쓰레기가 된 채권을 사기는 했지만, 다음번에는 그럴 이유가 없다.

그리고 그 책임은 저쪽인 애플머니가 지는 게 맞다.

"그러면 만약에, 우리가 사건을 맡긴다면 하실 생각이 있나요?"

"만약에 그러신다면 해야지요. 변호사가 무슨 힘이 있습니까? 의뢰가 들어오면 일해야지요."

노형진은 미소로 그에게 답했다.

⚖

얼마 후 최판술은 채권자들을 모았다. 그리고 그들의 증언을 얻어서 애플머니를 사기로 고발했다.

쉽게 생각했던 애플머니는 채권자과 거당채권의 동시 공격에 난리가 났다.

그리고 그와 동시에 애플머니에 관련된 조사가 끝났다.

내부에서 과장급 다섯 명, 부장급 두 명이 사기와 연관되어 있다는 사실이 드러나면서 애플머니의 대출에 대해서 전수조사가 시작된 것이다.

"아마 숱하게 걸리겠지."

피해자들이 노형진과 함께 거당채권을 공격하고 그 피해를 복구하기 위해서 거당채권이 애플머니를 공격하자, 애플머니는 사기를 친 한수양과 그 일당을 공격하는 수밖에 없었다.

만만하게 생각하고 달라붙었던 한수양은 애플머니의 거금 요구에 당황해서 쓰러질 지경이었다.

이미 피해가 큰 애플머니는 자신들의 선택을 후회했지만 양측의 공격에 흔들리는 중이었다.

"쉽게 가려다가 망한 거지, 뭐."

노형진은 히죽거리면서 웃었다.

애플머니가 만일 애초부터 사기꾼들을 고소했다면 이런 일은 터지지 않았을 것이다.

하지만 그들은 자기들이 편하자는 생각에 도리어 피해자들에게서 돈을 받아 내려고 했고, 이 때문에 사기로 고발까지 당하게 생겼다.

도리어 자신들이 사기의 범죄자가 된 것이다.

때마침 법원에서도 방현수에게 변제의 책임이 없다는 판결을 내려 준 덕분에 이제 자신들은 뒤에서 구경만 하면 되는 상황이 되었다.

"그럼 사기를 친 녀석들은 어떻게 될까?"

"아마도 평생을 지옥에서 살게 되겠지. 감춰 둔다고 해서 그걸 쓸 수 있는 것은 아니거든."

노형진은 미소를 지으면서 말했다.

"거기에다가 일반적인 추심도 아니고, 억하심정이 충분히 실려 있는 추심이 될 테니까.”

아마도 감춰진 재산을 꺼내서 갚는 수밖에 없을 것이다.

그게 얼마나 걸리지가 문제일 뿐.

“쯧쯧, 바르게 살아야 한다니까.”

손채림은 그렇게 몰락한 두 집단을 보고 혀를 차면서 말했다.

“일은 이제부터야.”

“응?”

“가해자들에 대한 추심은 우리가 해 줄 거거든.”

“우리가?”

“그래.”

취업하면 그들의 월급을 압류할 것이고, 그들이 물건을 사면 6개월마다 그걸 압류할 것이다.

그뿐만 아니라 그들이 통장을 만들면 그것도 압류할 것이며, 그들이 방을 구하면 보증금을 압류할 것이다.

그들이 어딜 가든 어떻게 다니든 누굴 만나고 뭘 사든, 그건 다 압류 대상이 되는 것이다.

“헐.”

잠깐 그런 삶을 상상해 본 손채림은 머리를 절레절레 흔들었다.

그건 완전히 지옥이었다.

“물론 일반적으로 이렇게 한다고 해서 없는 사람에게서 나오지는 않아. 하지만 이들은 다르지."

자신들이 사기 친 것을 못 쓰게 한다면 그들은 돈을 토해낼 수밖에 없다.

"외국 속담에 그런 말이 있지, 당신이 보고 있는 지옥이 당신이 만든 지옥이기를 바란다고."

노형진은 그렇게 말하면서 미소를 지었다.

"그리고 내가 지옥 하나 만들어 주는 데 일가견이 있거든, 후후후."

종교 경찰이 아니라 종교 깡패

　사람들의 욕심과 다르게 법은 누구에게나 평등해야 한다.

　하지만 그렇지 못하다.

　현실에서 법이라는 것을 적용시키기 위해서는 그 대상의 신분을 알아야 한다. 즉, 신분을 드러내지 못하는 입장의 사람들은 결국 법의 보호를 받지 못하는 것이다.

　그래서 불법체류자 같은 사람들은 법의 보호를 받지 못한다.

　신분을 드러내는 순간 강제 출국이 확정되어 있기 때문이다.

　그러나 그들도 가끔 억압이 심해지면 신분을 드러낸다.

　특히나 목숨이 위험해지면 그들은 드러낼 수밖에 없다. 최소한 죽는 것보다는 나으니까.

　"도움을 요청한다고요?"

다른 사람도 아니고 불법체류자가 도움을 요청하는 것은 의외의 상황이다.

그것도 경찰도 아니고 변호사에게 말이다.

"네. 도움이 필요합니다."

불법체류 10년 차인 하자인은 능숙한 한국말로 말했다.

그는 동남아에서 온 노동자 출신이었다. 원래는 관광 비자로 왔다가 그대로 뿌리박았다고 하던가?

"그런 건 경찰에 신고하셔야……."

"경찰은 안 도와줍니다. 도와 달라고 이야기해쑵니다. 하지만 거절당했습니다."

"거절요? 대놓고 거절했다고요?"

약간 이해가 가지 않는다는 표정이 되는 노형진.

아무리 그가 불법체류자라고 하지만 대놓고 거절하는 경우는 드물기 때문이다.

'하긴, 한국 사람이 신고해도 접수 거부하는 판국이니.'

물론 아예 가능성이 없는 건 아니지만.

"아, 그 부분은 제가 말하지요. 수사를 거절했다기보다는, 자기들 관할이 아니라고 하는 거지요."

옆에서 듣고 있던 외국인 인권 단체의 장인 유홍섬이, 아무래도 설명이 필요하다고 생각했는지 사이에 끼어들었다.

"자기네 관할이 아니다?"

"네. 불법체류자 관할은 경찰이 아닌 외국인 관리소라더군요."

"그렇다면 그쪽으로 하시면?"

"불법체류자 관리가 아니라서 그래요."

"네?"

"혹시 샤리아 경찰이라는 말 아세요?"

"샤리아 경찰요?"

노형진은 처음 들어 보는 단어였다.

경찰인 건 알겠는데 샤리아가 뭐란 말인가?

"샤리아, 샤리아……. 그런 나라는 처음 들어 보는데. 단체인가요?"

"샤리아는 이슬람 율법을 뜻합니다." -

"그래요?"

사실 이슬람교는 유명하긴 하지만 한국인들에게는 낯선 종교다. 신자도 그다지 많지 않고, 또 그들과 약간 괴리감도 있기 때문이다.

"그런 게 있나요? 경찰이라……. 그런데 그게 왜요?"

"사실 샤리아 경찰이라고 하지만 진짜 경찰은 아니에요. 그냥 일종의 자경단이라고 볼 수 있지요."

"자경단요?"

노형진은 눈을 찌푸렸다.

대한민국은 자경단을 인정하지 않는다.

정확히는 방범같이 자체적으로 돌아가는 일종의 치안 보

조는 인정하지만, 자경단의 경우 보조가 아니라 주가 되어 공격적으로 치안을 집행하기 때문에 인정하지 않는다.

대한민국의 치안은 전적으로 경찰에게 집중되어 있다.

"그런 게 있군요. 그런데 보아하니 그게 문제가 된 모양입니다?"

하자인은 고개를 끄덕거리면서 말했다.

"지금 안산에 샤리아 경찰이 활개 치고 다니고 있습니다."

"안산에요?"

"네, 그래서 경찰에 도움을 요청하려고 했습니다."

그런데 경찰은 도움을 거절했다……

"도대체 샤리아 경찰이 뭡니까? 아니, 자경단이라고 하셨죠. 하여간 그게 뭐 하는 놈들인데요? 자체적인 법률 집행 기구입니까?"

"이슬람 율법에 따라 집행하는 자들입니다. 쉽게 말해서 종교 경찰이라고 보시면 됩니다."

유홍섬은 샤리아 경찰에 대해서 자세하게 설명하기 시작했다.

샤리아 경찰은 종교 경찰로, 그들은 이슬람 율법을 어기는 사람들에게 벌을 내리는 것을 목적으로 한다.

실제로 다른 나라들과 다르게 이슬람 국가들에는 종교 경찰이 존재하는데, 그들은 이슬람 율법을 기반으로 사람들을 처벌한다.

노형진은 그 부분에서 심각한 표정이 되었다.

"이슬람 율법이라고요?"

"네."

"제가 이슬람에 대해서 잘 알고 있는 건 아니지만 그 율법이 제대로 된 법은 아닐 텐데요."

현대의 법은 체계적이고 정확한 규정을 근거로 두고 있다.

가령 무슨 범죄는 몇 년 형이라는 식으로 말이다.

그래서 죄형법정주의, 그러니까 죄에 대한 처벌을 법률에 근거해서만 할 수 있다.

그런데 노형진이 알기로는 종교적 율법 같은 건 두루뭉술해서 여러모로 애매하다.

가령 간음하지 말라는 말이 유명한 기독교의 경우도 간음에 대한 처벌이 뭔지, 그리고 어떤 식으로 처벌할지에 대해서는 나와 있지 않다.

심지어 결혼한 사람들끼리의 불륜이 간음인지, 미혼 남녀의 관계도 간음인지에 대한 종교적 해석도 다 다르다.

"맞습니다. 무슬림, 그러니까 이슬람교를 믿는 자들의 세력이 아무리 세력이 크다고 해도 샤리아는 체계적인 법이 아니지요. 솔직히 코에 걸면 코걸이, 귀에 걸면 귀걸이 수준입니다."

"현대 법도 그런 문제에서 완벽하게 벗어나지 못하는데 하물며 종교적 율법이야……."

"그런데 그놈들이 우후죽순 늘어나고 있습니다."

"늘어난다고요?"

"네. 우리나라에 이슬람 신자들이 생각보다 많거든요."

"많다?"

"우리나라 사람들을 말하는 게 아닙니다. 외국인 노동자들을 기준으로 말씀드리는 거에요."

"아아."

"합법이든 불법이든, 그들은 이슬람 신도이니까요."

"그런가요?"

"네. 그중 일부가 샤리아 경찰임을 주장하면서 종교 교리를 강요하고 있습니다. 이게 심각해요."

노형진은 왜 그런지 알 것 같았다.

자신 스스로 종교 경찰이라고 주장한다는 것 자체가, 일단 자격의 문제도 있지만, 종교적인 문제가 끼면 대부분 광신적 성향을 띤다.

애초에 이슬람 국가도 아닌 한국에서, 돈 벌러 와서 돈을 버는 게 아니라 샤리아 경찰이라 자칭하면서 이슬람 율법을 세우겠다고 덤비는 것 자체가 상당한 광신도들이다.

"그래서 외국인 노동자들이 고생이 심합니다. 그들이 무차별적으로 공격해 대고 있으니까요."

"음."

노형진은 그들의 말을 들으면서도 고민하지 않을 수가 없었다.

이건 종교 문제다. 자신이 아는 게 아니니 섣불리 한다 만다 할 수가 없다.

"의뢰 문제는 저희가 마음대로 결정할 수 있는 게 아닌 것 같군요."

"네?"

하자인과 유흥섬은 살짝 놀라더니 실망한 듯 고개를 푹 숙였다.

노형진의 말을 거절의 의사로 받아들였기 때문이다.

하지만 노형진은 거절한 게 아니었다.

"아, 거절한 건 아닙니다. 아직 확정된 것도 아니구요. 우리가 이 사건을 모르기 때문에 확답을 못 드리는 겁니다."

"모른다고요?"

"네. 무슬림에 대해서 모르는데 어떻게 싸웁니까? 아니, 이게 바른 건지 나쁜 건지도 모르는데요."

종교적 싸움은 일방적으로 한편을 들어 줄 수가 없다.

어쭙잖은 양비론이 아니다. 말 그대로 신념이기 때문이다.

"그러면 경찰과 마찬가지 아닙니까?"

경찰도 마찬가지였다.

경찰도 종교 분쟁에는 끼지 않겠다고 도움 요청을 거부했다고 했다.

"그건 무능한 거구요."

"네? 하지만 지금 하지 않으신다고…….”

"알아본다고 했지, 안 한다고는 말하지 않았습니다. 우리가 모르는 걸 계속 그대로 두면 영원히 아무것도 하지 못하니까요.”

샤리아가 뭔지도 모르는데 무슨 변론을 하겠는가?

가령 교회에서 생판 모르는 어떤 사람들에게 전도를 한다면, 당사자들에게는 기분 나쁜 일이 될 수도 있지만 위법은 아니다.

하지만 그 전도를 하는, 자칭 전도사라는 인간들이 들어오지 말라는 집주인의 말을 무시하고 집에 들어가서 전도한다면 그건 명백한 불법이다.

"일단 이 건은 제가 좀 알아보고 연락드리겠습니다.”

종교적으로 문제가 될 수 있다고 생각한 노형진의 최대한의 배려였다.

⚖

"알 만한 사람?”

"그래. 그런 것에 대해서 알 만한 사람 없을까?”

손채림은 잠깐 생각에 빠졌다.

사실 이슬람교라는 것과 워낙 접점이 없다 보니 뭐라고 할 수가 없었다.

"교수님들은 어때?"

"좀 무리이지 싶은데. 이건 법적인 문제이지 학구적인 문제가 아니야. 해외에서의 샤리아 적용과 그 샤리아 경찰이라는 것에 대한 정보가 필요해."

"흠."

손채림은 잠깐 생각하다가 고개를 번쩍 들었다.

그걸 알 만한 사람이 한 명 있다.

"아, 한 명 있다!"

"누군데?"

"박석인 아저씨."

"박석인?"

"아, 개인적으로 아는 사이야. 정확하게는 아버지와 아는 사이지만, 그래도 나를 예뻐해 주기는 했지."

"그래? 그런데 그분이 이런 걸 안다고?"

"그래. 그분, 외교관이시거든."

"올?"

"높은 직급은 아니야. 대사급은 아니고 실무자급이었어."

"차라리 잘된 거야."

외교관이라면 다른 나라에 대해서 잘 안다. 특히나 중동이나 그쪽 출신이라면 더더욱.

게다가 실무자라면 더 좋을 수밖에 없다.

여러 나라를 돌아다니면서 일을 했을 테니, 이런 일에 대해서 잘 알 가능성이 높으니까.

"내가 연락해 볼까?"

"하지만……."

노형진은 부탁하기가 애매했다. 손채림과 아버지의 관계가 얼마나 틀어졌는지 알고 있기 때문이다.

이에 손채림이 피식 웃었다. 노형진이 뭘 걱정하는지 알아챈 것이다.

"걱정하지 마. 아버지랑 아는 사이라고 했지 아버지랑 친한 사이라고는 하지 않았어."

"그래?"

"그래. 친한 걸로 치면 내가 더 친할걸. 나만 보면, 10년만 일찍 태어났으면 며느리 삼았을 거라고 하니까."

"헐."

"아버지가 누구랑 친해질 성격일 것 같아?"

노형진은 자신도 모르게 고개를 끄덕거렸다.

손하균이 인간적으로 누군가와 친해지는 것은 도무지 그림이 그려지지 않았다.

누군가에게 로비를 해서 친밀한 척하는 것이라면 몰라도.

"내가 일단 전화해 보고 연락 줄게."

"그래. 나도 좀 알아봐야겠네."

노형진은 고개를 끄덕거렸다.

며칠 뒤, 약속을 잡을 수 있었다.

다행히 박석인을 만나는 것은 어려운 일이 아니었다. 그가 한국으로 들어와 있었기 때문이다.

나이가 있어서 이제 해외에는 잘 나가지 않는다고 했다.

"노형진입니다."

"이야기는 들었네. 박석인이라고 하네."

노형진은 사람 좋은 미소를 짓는 그에게 자리를 권했다.

"도움을 주겠다고 하셔서 감사합니다."

"별말을. 이런 경험을 나눠야 세상에 도움이 되는 거 아니겠는가, 하하하."

그를 위해서 고급 식당을 잡았지만, 사실 그의 경험을 생각하면 절대로 비싼 가격은 아니었다.

"그나저나 채림이 넌 결국 너희 아버지랑 대판 했구나."

"네."

"그럴 줄 알았다. 그 사람은 너무 인정머리가 없지."

안다는 듯 고개를 끄덕거리는 박석인.

노형진은 씁쓸한 표정을 지었다.

도대체 얼마나 소문이 났기에 그런 것까지 예상한 건지.

"안 그래도 한번 만나 보고 싶었는데 잘 지내나 보군."

"네, 잘 지내고 있어요. 형수 오빠는 어때요? 잘 지내요?"

"그 녀석? 이번에 런던으로 발령받았다고 하더라."

보아하니 박석인의 아들도 대사관 쪽에서 일하는 모양이었다.

"일단 식사하시죠."

"무슨 일인지 모르겠지만 같이 먹으면서 하지. 이 퇴물에게 변호사가 청탁을 넣을 것 같지는 않고, 뭐가 궁금한 건가?"

단도직입적으로 물어보는 박석인 덕분에 노형진은 마음 편하게 식사하면서 물어볼 수 있었다.

박석인은 노형진이 샤리아 경찰에 대해서 물어 오자 묘한 표정을 지었다.

"샤리아 경찰이라……."

"네. 아시는 게 있습니까?"

"음, 그거야 중동 쪽에 많이 나간 사람들이 알겠지만. 난 유럽 쪽에서 활동했거든."

"아, 그런가요?"

혹시 그런 사람을 소개해 줄 수 있을까 물어보려던 찰나, 손채림이 불쑥 끼어들었다.

"차라리 아저씨가 나을 것 같은데요."

"내가?"

"중동 쪽은 이슬람과 정치가 하나 된 종교 국가이잖아요. 당연히 샤리아 경찰이 합법이구요. 하지만 우리나라에서는 불법이니, 유럽이나 다른 나라에서 활동하는 녀석들을 기준으로 판단해야지요."

"그렇구먼."

박석인은 잠깐 침묵을 지키면서 턱을 문질렀다. 머릿속에 있는 것을 정리하기 위해서였다.

그렇게 한참 시간이 지나고 나서 그가 한 말은, 노형진의 생각과는 약간 달랐다.

"계륵 같은 존재지. 사실 골칫덩어리라고 하는 게 맞겠군."

"골칫덩어리요?"

"그래. 이슬람 신도들은 현지 법을 잘 안 지키는 타입이야."

그가 자신의 잔을 들자 노형진은 그의 잔에 술을 채웠다.

그는 그걸 입에 털어 넣고는 조심스럽게 다시 입을 열었다.

"이슬람이라는 종교 자체가 극도로 폐쇄적이고 극단적인 성향이 강하지. 남에 대한 배려? 존중? 그런 건 좀 무리라고 봐야 할걸."

"그래요?"

"그래. 종교를 비하하는 건 아니지만, 시대에 맞게 적응하려고 하는 현대 타 종교와 다르게 이슬람은 극단주의를 기반으로 절대 변화가 없는 종교 중 하나야."

"음."

종교와 정치가 분리되는 현대에서 종교와 정치가 동일시되는 이슬람은 상당히 분란을 많이 일으킨다.

"그러면 박 어르신 입장에서 이슬람은 어떤 종교인가요?"

"음."

그는 잠깐 고민했다.

이슬람이라는 종교에 대해서 배운 적도 없고 그걸 믿는 것도 아니다.

하지만 그걸 보고 그걸 믿는 사람들과 대화해 보고 또 그로 인해서 발생하는 일도 살펴 왔다.

그렇기에 결론은 나와 있었다.

"내가 보는 이슬람은 승자를 위한 종교일세."

"승자를 위한 종교요?"

"그래. 패자는 아무것도 누리지 못하고 승자는 모든 것을 누리는 독식 구조의 종교. 이슬람 용사들이 성전에서 죽으면 일흔두 명의 처녀가 모시는 천국으로 간다고 하지 않나?"

"그렇지요."

"그런데 그 일부다처제는 이미 이슬람 국가에서 시행하고 있거든."

노형진은 그가 왜 씁쓸하게 승자의 종교라고 하는지 알 것 같았다.

승자는 이미 일부다처제를 이용해서 충분히 여자를 거느

리지만 패자는 죽어서나 신의 눈에 들어야 여자를 품을 수 있는 구조라는 뜻이다.

"이슬람 종교에서 남자와 여자의 대우는 확연히 다르지. 예를 들어 보지. 이슬람에서 타 종교를 가진 여성과 무슬림 남성이 결혼을 하거나 관계를 맞으면 무슨 일이 벌어지나?"

"글쎄요."

"아무 일도 없네. 그냥 그런 게야. 하지만 무슬림 여성이 타 종교인과 결혼하거나 관계를 맺으면 죽네."

손채림은 눈을 찌푸렸다.

하지만 그녀의 기분이 어떻든 간에 그것이 현실이다.

"기본적으로 이슬람은 동일한 종교인이 아니라면 사람으로 인정하지 않아. 특히 과거의 역사에서 보면, 중동은 세계적인 노예 소비처 중 하나였지."

무슬림 해적들은 상당히 유명했는데, 그들은 지나가는 배를 습격하거나 유럽을 침공해서 수많은 노예들을 데리고 왔다.

그중에는 여성 노예들도 다수 있었다.

"그래서 이슬람 신자가 아닌 여성을 품어도 괜찮다는 교리가 발생한 거지. 그에 반해서 여자들은? 다른 종교를 가진 자들과 관계를 맺는다? 정복당했다는 뜻이지. 그러면 죽는 게야. 패배자는 취급하지 않으니까."

승자를 위한 종교. 그게 이슬람의 본질이다.

"그리고 이슬람 율법은 상당히 가혹하지."

"음."

"그래서 유럽과 세계 각국에서 이슬람 범죄가 급속도로 늘어나는 걸세."

"네? 그게 무슨 말씀이십니까?"

노형진은 고개를 갸웃했다.

이슬람 율법이 가혹한 것과 세계적으로 이슬람 범죄가 급증하는 것이 무슨 관련이 있단 말인가?

하지만 해답은 생각보다 가까이 있었다.

"자네도 우리나라에서 중국인들이 한국 경찰을 어떻게 취급하는지 알고 있지 않나?"

"그거야 그런데……."

"왜 그런가?"

"아."

"그래, 그런 거야. 그래도 중국 경찰은 최소한 법이라는 테두리 안에서 행동하네. 하지만 샤리아는? 그냥 코에 걸면 코걸이, 귀에 걸면 귀걸이야."

중국인들은 한국 경찰을 병신 취급한다.

이유는 간단하다. 서슬 퍼런 중국 경찰과 다르기 때문이다.

중국에서는 저항하면 뒈지게 맞는 것은 기본이고, 납치당해서 고문당하거나 실종이라고 해서 갑자기 사라지는 일이 수시로 일어난다. 그렇다 보니 차라리 조용히 죽였으면 할 정도다.

그렇게 끌려가서 매일같이 구타당하고 고문당하는 중국의 경찰 내부와 감옥 시스템 때문에 움츠러들었던 중국인들은, 칼로 찔러도 총 한번 제대로 쏘지 못하는 한국 경찰을 만만하다 못해서 병신 취급했다.

오죽하면 한국은 총을 쏴서 적을 제압하는 것보다 총을 던져 맞혀서 기절시키는 게 더 빠르다고 하겠는가?

"무슬림들의 문제가 그거야."

자기네 국가에서 하던 짓을 여기서 해도 아무런 제재가 없다.

그리고 그때부터 방종이 시작된다. 자유에 취해서, 해서는 안 되는 일까지 마구잡이로 벌여 버리는 것이다.

"그리고 그때부터 열등감이 폭발하지."

"승자 독식."

"그래."

승자 독식으로 올라갈 수가 없는 삶을 살았던 그들에게 유럽이나 한국 같은 민주적이고 평등한 사회는 엄청난 기회다.

그런데 사실 한국에서 살아 본 사람들도 알지만, 평등한 기회처럼 보일지언정 한국은 절대로 평등한 나라가 아니다.

"그러니까 자기네 나라에서는 무서워서 찍소리 못 하다가, 다른 나라에서는 처벌 안 받으니까 막나간다 이거네요."

"채림이 네가 한 말이 아예 틀린 건 아니구나. 대부분의 이슬람 국가들은 교육을 상당히 꺼리니까. 종교에 반하거든."

그런데 그들이 다른 나라에서 상위 직급으로 오르기 위해서는 교육은 필수다.

그러나 대부분 이슬람 국가의 성인들은 그 나라의 중학생 급의 교육도 받지 못한 것이 현실.

당연히 하류층 삶을 전전하게 되어 있다.

"그리고 거기에서 일부 사람들이 요즘 말로 정신 승리를 시전하지."

"정신 승리요?"

"그래. 우리는 위대하다, 그런 거 있지 않나."

내가 이렇게 청소하고 있고 설거지하고 있지만 우리는 위대한 이슬람의 전사다 어쩌고 하는 식으로 자기 합리화를 한다.

그리고 점점 이슬람으로 깊게 빠져들고, 이슬람 극단주의로 다가가게 되는 것이다.

"그리고 그 교육은 이슬람 극단주의를 키우게 되지."

"큭."

그건 생각지도 못한 악순환이다.

그런데 그 말을 듣고 있던 손채림은 고개를 갸웃했다.

한국 역시 비슷한 과정을 거치면서 해외로 진출했기 때문이다.

그렇지만 한국 극단주의, 유교 극단주의라는 말은 없지 않나?

"그럼 아이들을 교육시키면 되잖아요?"

교육 수준이 낮아서 성공하지 못한다는 것은 어쩔 수 없는 현실이다. 그렇다면 아이들을 교육시키면 된다.

실제로 어느 정도 인종차별이 있을지언정 지금 상황보다 더 나빠질 것은 없는 게 현실이다.

한국 같은 곳이야 교육비가 어마어마하게 든다지만 유럽 선진국은 교육이 무상으로 진행되는 곳도 많다.

"그랬으면 좋겠다만, 여기서 무슬림의 문제점이 발생한단다. 그들은 극도로 배척당한다는 게 문제지."

그들은 극단적이며 외부에 적대적이다. 그래서 교육을 받고 사람들이 깨어나는 것을 두려워한다.

그렇기에 자신들의 교육 시스템으로 아이들을 가르친다.

그런데 이 교육 시스템이라는 것이 정상이 아니다.

현대사회에서 자기 종교적 신념과 위배되는 것은 모조리 빼고 가르친다. 게다가 이런 경우가 80% 이상이다.

"음악? 금지야. 샤리아는 음악을 악마의 산물로 보거든. 샤리아에서 인정하는 음악은 기독교에서 보면 찬송가 같은 것들뿐이야."

"헐."

"당연히 진화론도, 민주주의도 금지 대상이지. 그러니 무슨 결론이 나오겠나?"

안 배우느니만 못한 현상이 벌어지는 것이다.

주변은 민주주의인데 그걸 모르니 거기에 맞추지 못해 도태되고.

"그래서 그런 곳을 나온 애들이 이슬람 국가에 가 보지도 못했으면서 극단주의에 빠지는 거야. 차별받는다고 생각하는 거지."

아버지 세대야 넘어와서 그런다고 하지만, 그 자식 세대는 여기서 태어나서 여기서 교육받았는데 사회의 일원이 되지 못한다고 생각한다.

그래서 분노하고, 그 분노로 인해서 이슬람 극단주의에 빠진다. 그렇게 악순환이 되는 것이다.

"그러면 샤리아 경찰은?"

"해외에서 이슬람 교리를 강제시키는 일종의 강제적 최후의 보루일세. 그래서 계륵 같은 존재라는 거야."

종교적으로 그들의 특성을 인정하기는 해야 한다.

하지만 샤리아 경찰은 그들의 융화를 가로막는 거대한 방벽이다. 그들이 무슬림들의 융합을 막는 것이다.

"인정하자니 민족 간의 대립이 생기고, 인정하지 않자니 종교전쟁으로 번지기 쉽고."

"어려운 일이군요."

"어려운 일이지. 자네, 영국에 이슬람 법정이 있는 거 아나?"

"네?"

노형진은 어이가 없었다.

이슬람 법정이라니?

그러니까 한 나라에서 두 개의 법이 동시에 집행되고 있단 말인가? 그게 가능하단 말인가?

"그게 가능합니까?"

"현재 영국은 인정해 주고 있지. 전국에 여든 개 정도의 이슬람 법정이 있네. 그들의 요구였지."

"미친."

아무리 영국이 인권을 생각한다고 하지만 두 개의 법정을 만들다니, 이건 생각도 못 한 일이었다.

"일부 무슬림들은 국가의 일부를 자신들에게 달라고 하네. 독립하겠다 이거지."

"끄응."

"사람마다 다르겠지만, 난 개인적으로 그들을 좋아하지 않아. 소수자임을 이용해서 자비를 구걸하면서도 한편으로는 자신들에게 자비를 베푸는 사람들의 모든 것을 부정하고 빼앗으려고 하거든."

어깨를 으쓱하는 박석인.

"물론 일반적이고 평범한 무슬림도 많아. 그들은 사회에 적응하려고 하고 그 나라의 시민이 되려고 하지. 하지만 그들을 막는 게 바로 샤리아 경찰이야. 아이러니하게도 이슬람 법정을 인정하는 영국조차도 그러한 샤리아 경찰을 잡기 위한 전담 조직이 있을 만큼 골치를 썩고 있다네. 사실 말이 자칭 경찰이지, 종교적 폭력 조직이나 마피아라고 보는 게 맞네."

"음, 그런가요? 대부분의 샤리아 경찰이 그런가요?"

"물론 그렇지는 않아. 사실 뭉뚱그려 샤리아 경찰이라고 부를 뿐 정상적인 계몽 집단도 많거든."

길거리에서 방범 활동을 하면서 무슬림들에게 술을 먹지 말라고 계도하거나 마약을 하지 말라고 계도하는 정도의 샤리아 경찰도 있다.

그런 곳은 현지 경찰도 인정할 만큼 정상적이다.

하지만 반대로 오로지 샤리아라는 것에 매달리고 극단주의에 빠져서 사실상 범죄를 저지르는 놈들도 많다.

비이슬람 신도와 사귄다는 이유로 무슬림 여성에게 염산 테러를 한다거나, 무슬림 거주 구역에 들어온 여성은 강간하고 남성은 폭행하기도 한다.

심지어 이슬람을 믿지 않는 사람들에게 개종을 강요하면서 린치를 가하기도 한다.

"실제로 온건파인 샤리아 경찰과 극단주의인 샤리아 경찰의 분쟁도 만만치 않네."

"결국 뭐든 과하면 부족하느니만 못하다는 거군요."

"그래."

박석인은 고개를 끄덕거렸다.

'거참, 애매하군.'

그럴 수밖에 없는 게, 온건파와 극단주의자가 싸우면 싸움의 기세나 확장성 등에서 온건파가 질 수밖에 없는 구조이기 때문이다.

예를 들어서 양측이 동일한 수라고 해도 온건파는 극단주의자들에게 극단적 공격을 하지 않는 반면, 극단주의자들은 내가 책임지고 몇 명 죽이고 감옥에 가겠다면서 온건파 지휘부 몇 명만 칼로 찔러 죽이면 온건파는 그대로 와해되어 버리니까.

"그러면 일단 한국에서 발생한 샤리아 경찰이 어떤 타입인지 알아야겠군요."

"난 이미 알 것 같은데."

"그렇지요?"

하자인은 무슬림이다. 만일 온건파라면 그가 도움을 요청할 리 없다.

볼 것도 없이 그들은 극단주의자일 가능성이 높다.

"그런데 경찰이 왜 거기에 끼어들지 않는 거야?"

"한국은 이슬람에 대해서 당해 본 적이 없으니까."

박석인은 어깨를 으쓱하면서 말했다.

아직 그들이 얼마나 극단적으로 행동할지 예상하지 못하는 것이다.

"거기에다 그쪽 지역은 치안이 나쁘기로 유명해. 공무원들이 그쪽에 갈 때마다 방검복 입는다는 말 못 들어 봤어?"

"헐?"

"그러니 쓸데없이 싸우고 싶지는 않겠지."

"쩝."

현실이란 그런 것이다.

그리고 다른 이유도 있다.

샤리아 경찰이라고 자칭하는 놈들이 단속하는 대상은 무슬림들이다. 그리고 그들 중 상당수가 저항하기 힘든 불법체류자들이다.

그러니 경찰들이 신경 쓰지 않는 것이다.

"과연 그럴까?"

그런데 박석인은 그런 노형진의 의견에 씁쓸하게 웃었다.

"네?"

"내 경험상 그렇게는 안 될 걸세."

"그게 무슨 말씀이십니까?"

"내가 말했잖나, 그들은 자신들만의 구역을 요구한다고. 그래야 자기들이 마음대로 교육할 수 있으니까. 그리고 그곳에서 권력을 휘두를 수 있거든."

"설마……."

최악의 상황이 생각난 노형진은 '설마.' 하는 표정이 되었지만, 박석인은 그저 씁쓸하게 웃을 뿐이었다.

"뭐라고요!"

얼마 후 우려하던 일이 터졌다. 유홍섬에게서 연락이 온 것이다.

샤리아 경찰에 의한 자국인 집단 린치 사건.

경찰이 수사에 나선다고 했지만 잡을 가능성이 높지는 않다고 했다.

가해자들이 불법체류자인 데다가, 카메라가 없는 곳을 이용해서 집단 린치를 가했다는 것이다.

—지금 분위기가 좋지 않습니다. 다른 사람들도 주눅이 들었구요.

"끄응."

극단주의자일 거라 생각은 했지만 이런 식으로 행동할 거라고는 예상하지 못했다.

아니, 예상은 했지만 생각보다 빨랐다고 하는 게 맞으리라.

"아니, 왜 팬 거라고 하던가요?"

샤리야 경찰이라고 하지만 사실상 정부에서 인정한 단체도 아니고, 거기에다가 자국인에 대한 집단 린치 사건이다.

그냥 넘어갈 수가 없을 게 뻔한데 그런 일을 벌이다니.

―피해자가 아직 혼수상태라서 말을 할 수가 없습니다.

"혼수상태요?"

―네.

"끄응."

피해자가 왜 공격당했는지 알 수는 없지만, 확실한 것은 이제 그냥 둘 수가 없게 되었다는 것이다.

자기들끼리 통제하는 게 아니라 자국민을 공격하는 수준이 된 이상, 경찰이 그냥 두고 볼 수는 없는 노릇이니까.

"알겠습니다. 제가 바로 알아보지요."

노형진은 전화를 끊고는 머리를 북북 긁었다.

"역시 극단주의자들인가 본데."

"예상했잖아. 그런데 어쩔 거야? 그냥 경찰에 맡겨 둘 거야?"

"글쎄."

노형진은 입술을 깨물었다.

이건 생각보다 심각한 문제다.

일단 그들은 대부분 불법체류자인지라 추적이 쉽지 않다는 것도 문제지만, 그들이 극단적으로 반응하기 시작하면 얼마나 더 많은 피해자가 발생할지 알 수가 없기 때문이다.

"아무래도 경찰에 찾아가 봐야겠어."

노형진은 자리에서 벌떡 일어났다.

경찰이라면 현 상황에 대해서 어느 정도의 정보가 있을 테니 말이다.

"부디 큰일이 안 일어나기를 바라야지."

그렇게 말하는 노형진이었지만 그게 별 소용이 없을 거라는 것 또한 예상하고 있었다.

⚖

"이 새끼들아! 없으면 찾아야 할 거 아냐! 차량이든 구멍가게든 현금 입출금기든, 그 새끼들이 누군지 찾아내!"

노형진과 손채림이 도착했을 때, 경찰서에서는 강력반 반장으로 보이는 사람이 고래고래 소리를 지르고 있었다.

"실례합니다."

"넌 뭐야!"

"아, 노형진 변호사라고 합니다."

젊은 사람이 말을 걸자 일단 소리부터 지르던 반장은 변호사라는 말에 눈을 찌푸렸다.

"피해자 측입니까?"

"아니요."

"그러면 가해자? 아니, 그럴 리 없는데?"

가해자가 누구인지 특정되지도 않았는데 벌써 변호사가 나타날 리는 없다.

"유홍섭 씨가 연락했더군요. 사건에 대해서 조사를 좀……."

"쌍놈의 새끼."

노형진은 눈을 찌푸렸다.

그렇지만 반장의 얼굴은 펴지지 않았다.

"일단 당신한테 한 말 아닙니다. 고탁현이라고 합니다."

그는 눈을 찌푸리면서 일단 자기소개를 했다.

변호사가 붙은 이상 어쩔 수 없을 테니까.

"유홍섭 씨랑 사이가 안 좋으신가 봅니다?"

"씨발, 그 새끼 때문에 이 꼴 난 거 아닙니까?"

"네?"

"되도 않는 인권주의자인 척하면서 뭐라도 할라치면 인권침해라고 거품을 무니 뭘 할 수가 있어야지요. 그 새끼만 아니었으면 이딴 일은 안 일어났을 겁니다."

노형진은 왠지 씁쓸했다.

'그래, 의뢰인이 사실대로 다 말할 리 없지.'

익히 예상하고 있었던 일이다. 그리고 그다지 충격적이지도 않은 일이고 말이다.

애초에 인권 운동가와 경찰은 사이가 좋아지려야 좋아질 수가 없다.

특히나 불법체류자에 대한 인권 운동을 하는 사람과 경찰은 더더욱 그럴 것이다.

'그러니 경찰에 도와 달라고 했을 때 거절당했지.'

사실 아무리 경찰이 무능하다고 해도 전혀 정보가 없지는 않았을 것이다.

국내의 치안을 담당하는 경찰이 자칭 샤리아 경찰이라고 주장하면서 깝치는 가짜 경찰을 몰랐을 리 없으며, 자존심 때문에라도 그냥 두려고 하지 않았을 것이다.

"사실은 샤리아 경찰 문제로 온 겁니다. 그 작자들이 한 것 같다고 하더군요."

"맞아요."

고탁현은 노형진에게 바깥에 나가자고 고개를 까딱했다.

그리고 함께 밖에 나가서는 휴게실 자판기에서 커피 한 잔을 뽑아 노형진에게 건넸다.

"그 작자가 뭐라고 하던가요?"

"샤리야 경찰 이야기를 하면서 경찰이 안 도와준다고 하더군요."

노형진의 말에 그는 쓸쓸하게 말했다.

"자기한테 불리한 이야기는 쏙 뺐군."

"뭐, 예상은 했습니다."

"예상?"

"착한 것과 현명한 건 다르거든요."

고탁현은 피식 웃었다.

"뭐, 그렇게 생각하신다니 까놓고 말합시다."

샤리아 경찰이라는 존재가 조금씩 드러난 지는 좀 되었다고 한다. 그리고 그중 한 놈을 체포하기도 했단다.

그래서 좀 더 들추면 박멸할 수 있었는데, 그때 유홍섭이 끼어든 것이다.

"인권이 어쩌고 탄압이 어쩌고 하면서 거품을 물더군요. 결국 그 녀석이 청와대니 인권위니 하는 데에다가 민원을 넣어서 수사가 뒤집혔지요."

"그래요?"

"네."

인권을 지켜야 한다고, 종교적 믿음을 인정해야 한다고 하면서 자신들이 수사하지 못하게 하고 수사 중이라는 사실을 샤리아 경찰인지 뭔지 하는 놈들에게 흘린 게 바로 유홍섭이라는 것이다.

"그런데 그놈들이 세력이 커지니까 이야기가 달라졌죠."

처음에는 그냥 자기들은 불쌍한 소수이며 이슬람을 믿는 것 말고는 다른 게 없다는 식으로 포장하던 그들이 갑자기

돌변해서, 얼마 전부터 다른 신자들에게 폭행을 가하고 돈을 갈취하기 시작했다는 것이다.

그리고 샤리아 경찰이라는 이름하에, 이슬람 율법에 조금이라도 안 맞으면 집단적으로 폭행했다는 것.

"애초에 경찰이니 뭐니 하지만 처벌 시설이 있는 것도, 재판 시설이 있는 것도 아니니 결국 린치가 답이겠지요."

"그래서 도와 달라고 왔던 거군요."

"뭐, 내가 빡쳐서 꺼지라고 했지만, 후우……."

그는 담배를 물었다가 연기를 허공으로 날렸다.

아마도 후회하고 있을 것이다. '그때 쫓아내지 말걸.' 하고.

"결국 그 새끼들이 본색을 드러냈어요. 그러니 우리도 답이 없지."

"규모가 큰가요?"

"한 백 단위?"

"에?"

노형진은 아연실색했다.

백 단위라니? 그 정도면 진짜 대형 폭력 조직이 아닌가?

"거기에다 거기에 속한 대부분이 밀입국자라 추적도 쉽지 않고, 무슬림들이 감춰 주니까 잡는 것도 쉽지 않고."

"심각하군요."

"우리라고 때려잡고 싶지 않겠소?"

노형진은 고개를 끄덕거릴 수밖에 없다.

백 단위라고 하면 엄청난 숫자다.

더군다나 한국의 조폭과 다르게 그들은 그냥 자기네 나라로 돌아가면 그만인지라 극단적인 보복도 서슴치 않는다.

더군다나 이슬람 문화 자체가 이교도를 죽인 것을 자랑스러워하라고 가르치고 있으니.

"이번 사건은 그럼 왜 생긴 겁니까?"

"'이번 사건은'이 아니라 '이번 사건도'겠지."

"하여간요. 이번에는 한국인을 건드린 거 아닙니까? 그들이 한국인을 건드리면 피 본다는 걸 모르지는 않을 테고."

고탁현은 머리를 북북 긁었다.

"여자 문제."

"네? 그 녀석들의 여자 친구라도 건드린 겁니까?"

"그런 거라면 이해라도 하지. 이쪽 공단에 사람이 많잖아요."

"그런데요?"

"젊은 사람이 있는 법이면 로맨스도 있는 법이지."

"설마?"

"뭐, 피해자가 깨어나 봐야 정확히 알 수 있겠지만, 우리가 알기로는 그래요."

극단적 이슬람 국가 같은 경우는 아예 여자들의 취업이 불가능하지만 온화적 이슬람 국가들은 그 정도는 아니다.

귀하기는 하지만 그곳에서 온 여성 무슬림 신자도 있기 마련이고, 그들이 직장에서 한국 사람을 만날 수도 있다.

그런데 그게 이 사달의 원인이 된 것.

"그 여자가 피해자와 사귄 거군요."

"통화 기록을 추적한 바로는 그렇소."

많지는 않지만 상대적으로 여성 인권이 발달한 나라에서 온 무슬림 신자도 있으니, 그들 중 일부는 함께 일하는 한국 인들과 눈이 맞을 수도 있는 것이다.

"그러면 여자분은요?"

그러고 보니 그런 사건이라면 당연히 여자에게 문제가 생겼을 가능성이 높다.

그 말을 들은 고탁현 형사는 눈을 찌푸렸다.

"실종 상태요. 출근도 하지 않았고."

그렇다면 무슨 일이 터졌을 가능성이 높다는 건데, 피해자는 아직까지 혼수상태이니 뭐 하나 제대로 알 수가 없는 상황.

"일단은 피해자를 찾아야 하는 거 아닌가요?"

"나도 그러고 싶지만 이 동네에 있는 무슬림들이 어디 한두 명인 줄 아시오?"

적지 않을 것이다.

사실 적지 않은 것도 문제지만, 그들이 경찰을 두려워하지 않는다는 것이 더 큰 문제다.

"좀 과격하게 표현하자면, 종교에 심취한 사람들은 당장이라도 폭탄 들고 경찰서에서 자폭 테러를 해도 이상할 게 없단 말이오!"

"모든 무슬림이 그런 건 아니지 않습니까?"

"내 말은 그걸 구분할 방법이 없다는 거요."

"음."

"막말로 수색이라도 나갔다가 칼이라도 찔리면 어떻게 할 거요?"

"그 정도입니까?"

"내가 안산에서만 20년 넘게 경찰 노릇 했는데 사실 지금의 안산은 한국의 치안권에서 벗어났다고 해도 과언은 아닐 거요."

"그 정도는 아닐 것 같은데요?"

노형진은 고개를 갸웃했다.

그러나 고탁현은 머리를 절레절레 흔들었다.

"일반인이야 잘 모르겠지. 하지만 모든 사건이 최종적으로 오는 곳이 어디일 것 같소?"

"쩝."

하긴 열 명 중 한 명이 범죄를 저지르면 범죄율은 10%, 열 명 중 두 명이 범죄를 저지르면 20%가 된다.

체감적으로 봤을 때는 잘 모르지만 산술적으로는 무려 두 배의 범죄율이라는 소리다.

더군다나 이쪽은 불법체류자들이 많기 때문에 필연적으로 범죄율이 높을 수밖에 없다.

'거기에다 안산은 인원도 부족하지.'

이쪽 지역이 워낙 흉흉하니 경찰들이 오래 근무하려고 하지 않고 외부로 빠져나간다. 거기에 사고도 많고.

"거기에다 그 유홍섭 그놈 같은 새끼가 이쪽 동네에 얼마나 많은지 아시오?"

고탁현은 짜증스럽게 말했다.

일이 이쯤 되면 경찰의 법 집행이 공격적일 수밖에 없다.

하지만 조금이라도 공격적이다 싶으면 자칭 인권 운동가라는 사람들이 우르르 달려와서 인권이 어쩌고 외국인 노동권이 어쩌고 하며 난리 법석을 떤다.

진짜 경찰이 작심하고 털어 내기 시작하면 어마어마한 숫자가 이쪽 동네에서 쫓겨날 수도 있기 때문이다.

"아……."

노형진은 머리를 북북 긁었다.

이번 사건에서 가장 핵심적인 두 사람이 결코 사이가 좋다고는 할 수 없어 보였기 때문이다.

"그렇게까지 말씀하시니 제가 의뢰인에게 물어보지요."

"안 그래도 그 인간 좀 불러왔으면 싶었으니까 대놓고 물어봅시다. 그 샤리아 경찰인지 샤프란 경찰인지 하는 새끼들, 어디 있답니까?"

"그건 저도 잘……."

"아니, 평소에 그렇게 그 애들 인권을 지켜야 한다고 거품을 물었으니 어디 처박혀 있는지는 알아야 하는 거 아닙니까?"

"죄송합니다. 저도 잘……."

노형진은 본의 아니게 사과하면서 속으로 한숨을 푹푹 쉬는 것 말고는 방법이 없었다.

⚖

"장난하십니까? 왜 그런 걸 말하지 않으셨습니까?"

"인권 운동은 위법도 아니고……."

노형진은 경찰서에서 나온 이후에 바로 유홍섭의 사무실로 향했다.

자신에게 거짓말한 걸 안 이상 그냥 둘 수는 없는 노릇이었다.

"위법 적법의 문제가 아니라, 의뢰를 했으면 관련 정보는 주셨어야지요!"

애초에 샤리아 경찰에 괴롭힘을 받고 있다고 해서 도와주려고 했더니, 정작 그 샤리아 경찰인지 깡패인지를 키우는 데 가장 큰 도움을 준 것이 유홍섭이라니.

"그들이 그럴 줄 알았겠습니까?"

차마 똑바로 바라보지 못하고 스윽 고개를 돌리면서 변명하는 유홍섭.

"사실대로 말하세요. 도대체 무슨 관계입니까?"

"그게……."

"그냥 변론 그만둡니다? 의뢰인이 거짓말하는 게 심각한 변론 거부 사유인 건 아시죠?"

노형진은 강하게 나가기로 했다.

보아하니 유홍섭이 말하지 않은 게 또 있는 듯했기 때문이다.

더군다나 어떤 이유에서인지 그는 이번 사건을 어떻게든 해결해야 하는 듯한 눈치였다.

"아니, 그러지 마시고……."

"경찰도 안 도와주고 범죄인들한테 잘못 접근하면 칼 맞게 생긴 마당에, 의뢰인까지 거짓말하는데 어떤 변호사가 변론합니까? 사실대로 말하지 않으면 제가 변론을 거부할 뿐만 아니라 변호사협회에 경고할 겁니다. 거짓말로 의뢰하고 다니고 있으니 안전을 위해서 조심하라고요."

그 말에 유홍섭은 얼굴이 사색이 되었다. 그리고 고개를 푹 숙였다.

"사실은, 신원보증을 했습니다."

"신원보증요?"

"네."

샤리아 경찰을 이끄는 사람 중 두 사람에 대해서 그들이 입국할 수 있게 신원보증을 했다는 것이다.

이건 상당히 심각한 문제였다.

"아니, 왜요?"

"다른 노동자가 도와 달라고 하더군요."

자신의 형제들이 한국에 와서 일하고 싶어 한다고 해서 보증을 서 줬는데, 나중에 알고 보니 진짜 형제도 아니었다는 것.

그리고 그들은 한국에 들어와 샤리아 경찰이라는 것을 만들어서 깽판을 치고 다니기 시작했다는 것이다.

'어쩐지 잘 알더라.'

한국인은 잘 모르는 사건에 대해서 너무 잘 안다 싶더니 그가 신원을 보증해 주었으니 알아본 모양이었다.

"그 신원보증을 부탁한 사람이 하자인입니까?"

"네."

고개를 푹 숙이는 유홍섭.

노형진은 기가 막혔다.

전에 듣기로 하자인은 한국에서 10년을 살았다고 했다. 그런 그가 갑자기 형제를 한국으로 들어오게 하려고 할 리 없다.

"단순히 형제가 아니라 뭔가 있는 거죠?"

"……"

"말하지 않으실 겁니까?"

"사실은 협박받았다고 합니다."

원래 하자인은 인도네시아인이라고 했다. 그리고 그의 고향은 반다아체 지역이라고 했다.

"그게 뭐가 중요한가요?"

"인도네시아는 원래 세속적 이슬람 문화권입니다. 이슬람이기는 하지만 그다지 이슬람교에 매여서 살지는 않았지요."

인도네시아의 독특한 법은 바로 종교 선택의 자유다.

한국 역시 종교의자유가 있기는 하지만 한국과 인도네시아의 종교의자유는 좀 다르다.

한국은 종교를 안 가져도 그만인 반면, 인도네시아는 종교를 마음대로 선택할 수는 있되 종교 자체가 없을 수는 없다는 것이다.

그래서 인도네시아에서는 신분증에 자신의 종교를 표시하게 되어 있다.

즉, 종교의자유가 아니라 종교 선택의 자유인 것이다.

이러한 법률 때문에 사람들이 제일 흔한 이슬람을 선택하는 경우가 많다.

"그런데 반다아체 지역이 자치권을 획득하면서 문제가 생겼습니다."

반다아체는 인도네시아의 지역 중 하나다. 그런데 자치권을 획득하면서 그 지역이 통째로 극우 이슬람으로 변해 버렸다.

그렇다 보니 그곳을 통치하는 조직은 샤리아 경찰이 되었다. 그리고…….

"당신, 미친 거 아냐?"

"하자인이 나중에 그러더군요, 어쩔 수 없었다고."

그곳의 샤리아 경찰이 하자인의 가족을 붙잡고 협박해서, 보증인을 찾아서 한국에 입국시킨 것이었다.

"큭."

노형진은 이를 악물었다.

이건 이만저만 큰일이 아니다.

인권? 물론 중요하다.

하지만 노형진은 범죄자의 인권은 제한해야 한다고 생각한다. 그러지 않으면 지금 같은 일이 터지기 때문이다.

"그런데 왜 경찰에 말하지 않은 겁니까!"

"그거야 자기들의 종교적 문제라고 생각해서……."

"종교적 문제? 하!"

노형진은 눈을 찌푸렸다. 그리고 자리에서 벌떡 일어났다.

"난 당장 경찰서로 갈 겁니다. 섣불리 보증을 서 준 것에 대한 대가를 치러야 할 겁니다."

"네? 하지만……."

"하지만 뭐요?"

노형진이 눈을 부라리자 유홍섭은 우물쭈물 말했다.

"변호사는 의뢰인을 보호해야 하는 거 아닙니까?"

"지금 그러고 있지 않습니까?"

"아니, 지금 경찰한테 간다고……."

"그놈들이 극단적으로 활동하면 그 책임은 당신이 지도록 되어 있습니다. 아닌가요? 그러면 차라리 애초에 신고하고 잡아넣는 게 중요한 거 아닙니까?"

"……."

"인권 운동도 좋지만 현실 좀 보세요."

노형진은 더 이상 길게 이야기하지 않았다.

지금 상황이 결코 좋다고 말할 수가 없기 때문이다.

"난 경찰에 갈 겁니다. 당신이 같이 가서 말하면 당신 죄가 줄어들 테고, 아니면 죄가 늘어날 테고."

"하지만……."

"난 변호사로서 기회를 주는 겁니다."

의뢰인이니까, 그러니까 기회를 주는 것이다.

아니었다면 이런 멍청한 의뢰인 같은 건 버리고 바로 경찰서로 갔을 것이다.

"하아……."

"은폐될 상황이 아닙니다."

"네."

유홍섭은 자리에서 일어났다.

노형진은 그를 데리고 경찰서로 바로 돌아갈 수밖에 없었다.

"뭐라고요?"

고탁현은 유홍섭의 말에 어이가 없어서 그를 무섭게 노려보았다.

"지금 그걸 이제 와서 말이라고 하는 겁니까?"

"그냥 일하고 싶어 한다고 해서……."

"일? 일? 지금 일이라고……!"

당장이라도 유홍섭을 패 죽이고 싶어 하는 고탁현을 노형진이 진정시켰다.

"일단 상황을 알았으니 해결책을 알아봐야겠군요. 아무래도 안전을 위해서라도 국정원에 이야기해 봐야 할지도……."

"아니, 그냥 한국에 들어오려고 한 것뿐인데……."

고탁현은 무서운 눈빛으로 유홍섭을 바라보았다.

"선량한 사람들이 다른 사람을 협박해 가짜 보증인까지 세우면서 한국에 들어오려고 한단 말입니까?"

"네?"

"당신 말대로라면 반다아체가 샤리아를 믿는 극우 지역이라면서요? 그런 곳에서 샤리아 경찰로 활동할 정도면 이슬람 극단주의자 중의 극단주의자라는 뜻인데, 이슬람 극단주의자들 중 상당수가 테러와 관련이 있다는 거 모릅니까?"

"네에?"

그제야 유홍섭의 얼굴이 사색이 되었다.

그는 거기까지는 결코 생각하지 않았던 것이다.

하지만 노형진은 그걸 알고 있기 때문에 서둘러서 여기에 온 것이었다.

"하지만 테러범처럼 보이지는 않았는데……."

"테러범이 얼굴이 나 테러범이라고 써 붙이고 다닌답니까? 그리고 당신이 어떻게 알아요? 당신은 머릿속에 인적 사항이라도 달고 다닙니까?"

날카롭게 말하는 고탁현.

노형진은 그런 그를 진정시켰다.

"일단 중요한 건 그들을 찾아내는 겁니다."

"끄응, 그렇지요. 하지만 어디 숨었는지……."

이미 온 동네를 이 잡듯이 뒤지고 있다. 그러나 찾아내지 못했다.

"피해자의 여자 친구는 찾았습니까?"

"아니요. 아직요. 피해자가 여전히 혼수상태라……."

노형진은 잠깐 생각에 잠겼다.

아마도 상황을 보아서는 함께 있다가 피해자는 린치를 당해서 쓰러지고 여자 친구는 끌려갔을 가능성이 높다.

그렇다면…….

"이 근처에 산이나, 사람들이 없는 곳이 있나요?"

"그런 곳이야 몇 군데 있지만, 거기에 숨어 있을 리가요.

아무것도 없는 곳인데."

"제가 찾고자 하는 건 그들이 아니라 피해자입니다."

"피해자?"

"네. 그들이 이슬람 극단주의자라면, 그리고 샤리아 경찰이라면 샤리아에 따라서 처벌할 테니까요."

"그래요? 샤리아에서는 그런 경우에 어떤 처벌을 하나요?"

노형진은 눈을 찌푸렸다.

그가 아는 한 이런 경우 샤리아의 처벌은 하나뿐이다.

"투석형입니다."

"투석형?"

"네. 묶어 두고 죽을 때까지 돌을 던지는 거지요."

"이런 미친."

한 번에 죽이는 것도 아니고 죽을 때까지 계속 돌을 던진다는 것은 고통을 오래 주겠다는 뜻이다.

"그리고 투석형은 일정 조건이 충족되어야 가능합니다."

한국은 이슬람 국가가 아니니 사람들이 없어야 한다. 그리고 충분한 돌이 있어야 하고, 장시간 비어 있는 곳이어야 한다.

"이미 죽었다고 생각하시는 겁니까?"

노형진의 말에 고탁현의 얼굴이 딱딱해졌다.

"아마도요."

협상은 뭔가를 얻기 위해 하는 것이다.

하지만 그들은 뭔가를 얻기 위해서가 아니라 종교적 신념을 강제하기 위해 움직이며 극단적이기까지 하니, 끌고 간 사람을 살려 둘 이유가 없다.

"음."

고탁현은 심각한 얼굴로 턱을 문질렀다.

지금까지 그들을 찾기 위해서 주변을 수색했지만 시체를 찾는 거라면 이야기가 달라진다.

"사람을 다른 곳으로 돌려야겠네요. 혹시 모르니 국정원에도 이야기해 보겠습니다."

"네."

테러 등에 관한 문제는 국정원에 이야기하지 않을 수가 없다.

물론 지금의 국정원이 제대로 자기 역할을 하지 못한다는 게 문제이지만.

'멍청한 놈들.'

노형진은 입술을 깨물었다.

정적을 감시하기 위해서 테러 방지 팀이나 해외 정보 팀을 모조리 해체한 결과 이 꼴이 난 것이다.

"저도 아는 사람을 통해서 알아보지요. 혹시 관련인의 사진을 얻을 수 있을까요?"

"일단 여권으로 들어왔을 테니 있기는 할 겁니다. 그런데 알 만한 사람들이 있나요?"

"이쪽으로는 좀 잘 아는 사람들이 있기는 하지요."

노형진은 씁쓸하게 말했다.

⚖️

"국정원에서 나왔습니다."

아무리 욕먹고 있는 곳이라고 해도 테러 문제일 가능성이 높다고 하니 한 무리의 사람들이 바로 달려왔다.

그들은 오는 와중에 이미 관련 서류를 확보해서 읽어 본 후였다.

"고탁현이라고 합니다. 이번 사건을 담당하고 있습니다. 이쪽은 노형진 변호사."

노형진을 소개한 고탁현은 유홍섬을 살짝 바라보았다.

마음에 안 들지만 어찌 되었건 알려 준 건 그였으니 인정은 해야 했다.

"저쪽은 이번 사건을 알려 준 유홍섬 씨입니다."

국정원 요원들은 고개만 까딱했다.

아마도 이미 그가 보증인이라는 사실 또한 알고 있기 때문일 것이다.

"현 상황은 어떤가요?"

"관련 자료는 이미 보냈으니 아실 겁니다. 그 이후에 변동 사항은 없으며…….."

막 추가 사항을 이야기하려고 할 때였다.

"고 팀장님."

"응?"

누군가 고탁현을 찾아왔다. 그리고 국정원 요원과 노형진을 힐끗 보고는 그의 귀에 대고 뭐라고 몇 마디를 했다.

그 말을 들은 고탁현은 얼굴이 딱딱하게 굳었다.

"무슨 일입니까?"

그걸 보고 일이 터졌다는 걸 알아챈 건지 국정원 요원이 물었고, 이어지는 말에 모두의 안색이 어두워졌다.

"실종자의 시신이 발견되었답니다."

⚖

현장에 도착했을 때, 이미 십여 대의 경찰차가 와 있고 주변은 노란색의 접근 금지 테이프로 막혀 있었다.

그리고 안쪽으로는 오래된 거적으로 보이는 것에 둘둘 감겨 있는 뭔가가 보였다.

그게 뭔지는 그 아래로 흐르는 피가 알려 주고 있었다.

"투석형이군요."

노형진은 주변을 보면서 한숨을 쉬며 말했다.

주변에 가득한 돌.

이상할 정도로 많은 돌을 보면서 그게 어떤 목적으로 사용되었는지 알아내는 것은 어렵지 않았다.

"돌을 따로 가지고 온 모양이군요."

"한국에 이런 돌은 이제 흔하지 않으니까요."

고탁현은 씁쓸하게 말했다.

도시화된 시내에 이런 돌은 흔하지 않다. 그래서 그런지 이곳에 있는 돌은 전혀 어울리지 않는 곳에 있는 것처럼 보였다.

"그런데 왜 이렇게 천으로 둘러싼 거지요?"

국정원 요원은 고개를 갸웃했다.

보통 투석형이라고 하면 그냥 돌을 던져서 죽이는 것으로 알고 있다. 그런데 천으로 이렇게 둘둘 말아 둔 것은 의외였다.

"양심의 가책이라도 감추고 싶었던 걸까요?"

그는 나름 분석한다고 그렇게 이야기했지만 노형진의 입장에서는 말도 안 되는 씁쓸한 분석이었다.

"방지죠."

"방지?"

"돌은 의외로 쓸 만한 흉기입니다. 제대로만 맞으면 한 방에 죽을 수도 있지요. 실제로 그런 일도 있었고요."

미국에서 어떤 도둑이 가게를 털기 위해서 유리창에 있는 힘껏 돌을 던졌다.

그런데 그 유리창은 도둑을 막기 위해서 방탄 처리되어 있었고, 그 때문에 그대로 튕겨 나온 돌이 범인의 머리를 가격했다.

그리고 범인은 그 충격으로 사망했다.

"그런데요?"

"이렇게 천으로 감아 두면 그렇게 한 방에 죽는 것을 막을 수 있으니까요."

"설마……."

"최대한 고통을 주기 위해서 이런 겁니다."

노형진은 안타까운 표정으로 말했다.

피해자는 죽는 순간까지 얼마나 오랜 시간을 고통받았을까?

"설마요."

고탁현은 어이가 없다는 듯 노형진을 바라보았다.

하지만 현실을 외면할 수는 없었다.

"샤리아는 이런 투석형에 사용되는 돌의 크기도 규정하고 있습니다."

"네? 어째서요?"

"너무 큰 걸 쓰면 금방 죽을까 봐요. 최대한 오래 고통받게 하기 위해서지요."

"미친."

다들 머리를 절레절레 흔들었다.

"일단 그들에 대해서 알아보고 있습니다만, 중요한 것은 그들의 신분입니다. 우리가 가진 정보로는 그들이 누구인지 아직 알아내지 못해서……."

띠리링, 띠리링.

국정원 요원이 설명하는 사이 노형진의 핸드폰이 요란한 소리를 내면서 울리기 시작했다.

노형진은 잠깐 양해를 구하고 핸드폰을 들었다.

—어디야?

"나 현장. 넌 어디인데?"

핸드폰 너머에서 들리는 목소리. 그건 다름 아닌 손채림이었다.

—나도 현장이야. 그런데 경찰이 진입을 막아서 들어가지 못하고 있어. 사람 좀 보내 줄래?

"서류는 왔어?"

—어, 출력해서 가지고 왔어.

"그래?"

노형진은 눈을 찌푸렸다.

그게 왔다는 것은 지금 상황이 생각보다 더 안 좋다는 뜻이기 때문이다.

"잠깐만."

노형진은 그녀의 위치를 확인하고는 전화를 끊고 고탁현을 바라보았다.

"중요한 서류를 가지고 왔는데 경찰이 진입을 막는다고 하더군요. 같이 가서 들여보내 주시겠어요?"

"중요한 서류요? 그건 경찰서에서 확인하시는 게……."

"아주 중요한 겁니다."

"그렇다면야……."

고탁현은 노형진과 함께 움직였고, 통제 라인 바깥에서 기다리고 있던 손채림에게서 서류를 받아 올 수 있었다.

"이게 다야?"

"그렇다네."

"흠."

"뭡니까?"

국정원 요원은 고개를 갸웃하면서 물었다.

노형진은 봉투를 열어서 서류를 꺼냈다. 서류는 영어로 되어 있었는데, 거기에는 커다란 사진이 박혀 있었다.

"이건?"

국정원 요원의 눈이 당혹감으로 흔들렸다.

다만 영어를 모르는 고탁현만 이게 뭔지 몰라서 설명을 요구하는 눈빛으로 노형진을 바라볼 뿐이었다.

"그들의 신분입니다."

"그들의 신분요?"

"네, 한국에 들어온 두 놈요."

"설마……."

그걸 다급하게 받아서 바라보는 고탁현.

그리고 그의 눈은 희미하게 경련을 일으켰다. 정보 제공자의 이름이 의외였기 때문이다.

"CIA?"

고탁현도, 국정원 요원도 당혹감을 감출 수 없는 이유.

그건 정보를 제공한 존재가 미국의 CIA였기 때문이다.

"개인적으로 아는 분이 있습니다."

"그런가요?"

국정원 요원은 미심쩍은 눈빛으로 노형진을 바라보았다.

'쩝, 조용히 하고 싶었는데.'

분명히 이것도 위에 보고될 것이다.

그래서 그 인맥을 보이고 싶지는 않았지만, 상황이 상황이니 어쩔 수가 없었다.

물론 정보 제공자 이름을 가릴 수도 있겠지만 상대방은 국정원이다. 간단하게 전화회선을 조사하는 것만으로도 누가 보냈는지 알 수 있다.

'그렇다면 차라리 대놓고 드러내는 게 훨씬 낫지.'

진짜로 별거 아닌 인맥이 해 준 것처럼 말이다.

실제로 CIA 입장에서는 그다지 중요한 정보도 아닌 것이 사실이고.

"하미드와 아사드라……."

"혹시 몰라서 지인에게 사진을 보내 주면서 부탁했습니

다. 기록에 있나 해서요. 다행히 1급 기밀은 아닌 듯하지만."

"심각하군요."

1급 기밀이 아니라서 주기는 했다지만, 진짜 심각한 것은 그들이 CIA의 감시망 안에 들어가는 자들이라는 것이다.

"인도네시아 반다아체 지역의 샤리아 경찰 서열 5위와 6위라⋯⋯."

그렇게 시작된 서류.

이슬람 극단주의자로 반다아체 지역에서 쉰건이 넘는 살인과 고문을 한 기록이 있었는데, 그중 열 건 정도는 투석형 등 가혹한 집행을 했다고 되어 있었다.

그리고 테러범으로서의 전향 가능성은 낮으나 극단적 샤리아 추종자로서, 샤리아를 적용하기 위해서라면 어떤 선택이라도 할 수 있다고 적혀 있었다.

심지어 타국의 여성 관광객이 히잡을 쓰지 않았다는 이유로 납치, 강간하였다는 사실까지 적혀 있었다.

그리고 남성이 자위를 했다는 이유로 태형 이백 대를 때려서 남자가 패혈증으로 사망하는 원인이 되기도 했다고 쓰여 있었다.

"미친놈. 이게 테러범이 아니라고?"

"미국 입장에서는 자기들한테 폭탄만 들고 오지 않으면 중요하지 않으니까요. 보아하니 그들의 입장에서는 잔챙이는 아니고 붕어쯤 되는 급인 것 같은데, 굳이 인도네시아랑 싸워 가면서 잡으려고 했겠습니까?"

극단주의자로서 경계의 대상이기는 하지만 미국으로 오거나 테러에 가담하지는 않을 것이라는 것이 그들의 판단이었다.

"미국에는 가지 않아도 한국에는 오는군요."

"하아……."

국정원 요원은 짜증스럽게 말했다.

한 지역의 서열 5~6위인 녀석들이 그냥 놀러 오려고 협박까지 하면서 한국에 왔을 리 없다.

"한국 내에 있는 무슬림 세력의 결집이 목적이겠군요."

상황을 알아차린 고탁현은 마른세수를 하면서 신음을 뱄다.

"맙소사."

결집? 그거야 나쁜 게 아니다.

자기들이 친목을 다지는 거야 자기들이 알아서 하는 것이다.

문제는 그들이 결집시켜서 내부에서 지하드, 그러니까 테러를 감행할 놈들을 모을 거라는 것이다.

"한국이 이슬람 국가와 사이가 좋은 건 아니니까요."

이라크 전쟁에 참전한 적도 있는 한국이다.

동양권이 서양권에 비해서 공격받지 않는 것은 거리가 멀고 이슬람 국가들이 서양과 사이가 더 안 좋아서일 뿐이지,

양측의 사이가 좋아서 그런 것이 아니다.

애초에 이러한 이슬람 극단주의자들은 똑같은 이슬람 극단주의자가 아니면 인간으로도 안 본다.

똑같은 무슬림도 일반적인 신도를 배신자라고 하고 파가 다르다는 이유로 상대방에게 테러하는 판국에, 한국과 친할 리 없지 않은가?

그런 자들과 친하다면 그게 문제인 것이다.

"이거 생각보다 일이 커지겠는데요."

고탁현은 걱정스럽게 말했고, 노형진은 국정원 요원을 뚫어지게 바라보았다.

"왜 그러십니까?"

"혹시 이쪽 관련 정보가 있습니까?"

정보가 있다면 충분히 해결할 수 있을지도 모른다.

"모릅니다."

부정도 긍정도 하지 않는 국정원 요원의 말에 노형진은 씁쓸해졌다.

'그렇게 나온다 이거지.'

'없습니다.'도 아니고 '모릅니다.'.

이게 뜻하는 건 하나뿐이다. 설사 있더라도 주지 않겠다는 뜻.

'저놈의 기밀 주의.'

국정원의 심각한 문제다.

문제를 해결해야 하는데 기밀이라고 일단 정보부터 주지 않는 것이다.

"알겠습니다."

노형진은 고개를 끄덕거렸다.

"그러면 우리가 알아서 하지요."

"응?"

노형진의 말에 고탁현은 어이가 없다는 표정으로 바라볼 수밖에 없었다.

먹고는 살아야지요

"그놈들이 어디 있는지 알아낼 수 있다고요?"

"네."

"아니, 어떻게요? 우리가 그렇게 이 잡듯이 뒤져도 안 나왔는데."

고탁현은 어리둥절할 수밖에 없었다.

경찰이 온 안산을 뒤지고 다녔지만 찾을 수가 없었다.

"사실 당연하다면 당연한 겁니다. 샤리아 경찰이라고 자칭하고 다니지만 얼굴 아는 놈들은 두 놈뿐이지 않습니까?"

"그렇지요."

고탁현은 고개를 끄덕거렸다.

하미드와 아사드 둘 말고는 누구도 알지 못한다. 아마 다른 멤버들은 여기에서 포섭한 작자들일 것이다.

"하미드와 아사드는 전면에 나서지 않을 테니, 뒤지고 다닌다고 해서 나타날 리 없지요."

아무리 경찰이 다급하다고 해도 영장도 없이 남의 집을 들쑤시고 다닐 수는 없다.

그러니 하미드와 아사드가 외부로 나오지 않는다면 그들을 추적할 방법은 없다.

"필요한 물건이야 부하들을 시켜서 구해 오게 하면 되니까요 좀 갑갑하겠지만 시간이 지나면 잊힐 거라 생각하겠지요, 자신들에게 수배가 떨어진 것도 아니니."

"끄응."

맞는 말이다.

강력한 의심을 하고 있는 상태일 뿐이지 그들의 죄가 입증된 것은 아니다.

그러니 시간이 지나면 그들은 다시 자유롭게 돌아다닐 수있을 것이다.

"하지만 왜 이렇게 무리해서 일을 벌인 걸까?"

손채림은 고개를 갸웃했다.

그들은 이번 일을 일으킴으로써 경찰의 주목을 받았다. 그런 걸 두 사람이 예상하지 못했을 리 없다.

"세력이 충분해진 거라 생각한 거지."

"세력?"

"그래. 그들의 목적은 샤리아 율법을 통한 지배야. 그동안은 샤리아 경찰이라고 해도 그다지 세력이 강하지 않으니 그냥 잠자코 있었겠지. 하지만 세력이 충분하다 싶으면 어떻게 하겠어?"

"못을 박으려고 하겠군요."

듣고 있던 국정원 요원이 나지막하게 중얼거렸다.

"맞습니다."

이곳은 샤리아 율법이 지배한다, 그걸 보여 줘야 한다.

그리고 죽음만큼 확실하게 주변에 경고해 줄 수 있는 게 있을까?

"그럼 이들은 계획적으로 살해된 거란 말입니까, 우발적인 게 아니라?"

"그럴 가능성이 높다고 생각합니다."

샤리아를 어긴 무슬림 여성의 죽음, 그리고 한국인 남성에 대한 공격.

샤리아를 어기면 죽는다는 것을 보여 줌과 동시에 우리는 한국인이라도 공격할 수 있다는 것을 보여 준 것이다.

"안산은 치안이 좋지 않지요. 그래서 여기저기에 CCTV가 많아요. 그런데도 아무 데에도 찍히지 않았다는 것은, 그들이 오랜 시간에 걸쳐서 주변을 조사했다는 뜻입니다."

"음."

자신들의 존재감을 드러낼 수 있는 표적을 정하고 주변을 조사했을 것이다.

그리고 당연히 사건 이후에 숨어 있을 곳도 준비했을 것이고.

"이 모든 게 우발적 살인이 아니라는 겁니까?"

고탁현은 어이가 없다는 표정이 되었다.

"우발적요? 한 집단의 서열 5위와 6위가 그렇게 우발적으로 뭔가를 하는 놈들일까요?"

"으음."

"물론 잔혹한 짓을 하기는 했습니다. 하지만 그것은 그들의 방식일 뿐, 그게 우발적이라는 증거가 되는 건 아닙니다."

노형진은 그렇게 말하면서 국정원 요원을 바라보았다.

그러자 국정원 요원은 슬며시 시선을 돌렸다.

'알고 있을 가능성이 높아.'

CIA가 자신에게 정보를 주기는 했지만, 결국 노형진은 민간인이다.

자신의 정체인 미다스에 대해서 알고 있으니 협조 차원에서 주기는 했지만 자세한 정보는 주지 않았을 것이다.

'하지만 국정원은 다르지.'

국정원은 한 국가의 정보기관이고 우방국의 공권력이다.

처음에는 몰랐다고 해도 자신이 신분을 알려 준 이상 CIA에 그들에 대한 정보를 요구했을 테고, 자신보다 훨씬 더 세밀하고 정교한 정보를 받았을 것이다.

그럼에도 불구하고 아무런 정보도 주지 않은 채로 구경만 하는 그들을 보면서 노형진은 머리를 절레절레 흔들었다.

'개혁의 최대 저항 세력 중 하나이니까.'

미래에 개혁할 때 개혁의 최대 저항 세력으로 군대와 국정 원 그리고 검찰이 뽑힌다.

군대는 사소한 비리 하나라도 수사하려고 하면 모조리 군 사기밀이라며 협조하지 않았고, 검찰은 자신의 범죄를 감추 기 위해서 도리어 개혁하는 사람들을 기소하려고 덤볐으며, 국정원은 나라가 망하는 정보가 있어도 기밀이라고 대통령 에게까지 주지 않으려 했기 때문이다.

'이번 사건에서 국정원은 없다고 봐야겠네.'

노형진은 그렇게 생각했다.

실제로 지금도 자신들에게서 정보는 얻어 가고 있지만 정 보를 주지는 않는다. 뒤에서 뭔가를 하고 있을지는 모르지 만.

"그러면 어떻게 그놈들을 찾지요? 도무지 답이 없는데."

고탁현은 눈을 찌푸렸다.

그럴 수밖에 없는 게, 그들이 작심하고 미리 준비하여 숨 어들어 간 거라면 섣불리 나올 리 없기 때문이다.

"그에 대해서는 제가 미리 준비한 게 있습니다."

"준비한 게 있다고요?"

"네. 경찰분들의 협조를 요청해야겠지만요."

"그거야 당연한데⋯⋯."

노형진은 고개를 끄덕거리고는 손채림을 바라보았다.

손채림은 씩 웃으면서 제법 두툼한 서류 뭉치를 꺼내 들었다.

"이게 뭡니까?"

"이 지역에 있는 할랄 푸드 음식점입니다."

"할랄 푸드?"

"네. 샤리아는 무슬림들에게 어마어마한 영향을 주지요. 그중에는 음식에 대한 통제도 있습니다."

할랄이란 무슬림들도 먹을 수 있다는 일종의 인증을 뜻한다. 그러니까 할랄 푸드는 종교적으로 무슬림에게 인증된 음식이라는 뜻이다.

엄밀하게 말해서 무슬림들은 그러한 할랄 푸드 말고는 먹지 못하게 되어 있다.

"이 할랄 푸드는 고기부터 공산품까지 다양하게 영향을 받습니다. 할랄 푸드로 인정받지 못한 것은 먹으면 안 되지요. 인도에서 소를 잡아먹으면 큰일 나는 것처럼요."

"음."

"그리고 이게 이 지역의 할랄 푸드 음식점입니다. 총 스물두 곳이 있더군요."

"그런데요?"

"아까도 말했다시피 무슬림에게 샤리아는 엄청난 영향을 줍니다. 당연히 이슬람 근본주의에 빠질수록 이러한 규칙은 철저하게 지켜야 하지요."

"아하!"

그들이 아무리 꼭꼭 숨었다고 해도 결국 먹고는 살아야 한다. 그러니 그들도 음식을 사야 한다.

"다른 사람에게 부탁해도 양은 못 줄이겠군요."

"네."

한두 명도 아니고 수십 명이 숨어 있으니 그 먹는 양이 장난이 아닐 것이다.

당연히 할랄 푸드만을 먹어야 하니 그들이 선택할 수 있는 것은 할랄 인증을 받은 가게에서 사는 것.

"총 스물두 곳의 할랄 푸드 음식점. 만일 숫자를 더 줄이고자 하자면 도축장을 추적하면 됩니다."

"도축장?"

"네. 할랄 인증은 단순히 '먹어도 됩니다' 수준의 KS 마크 같은 게 아닙니다. 도축할 때도 샤리아에 따라서 정해진 종교적 방식으로 도축하지 않으면 무슬림들은 먹을 수 없습니다."

"오오!"

"물론 세속적 무슬림들은 음식 정도만 가리지만요."

원래 무슬림들은 돼지고기를 먹으면 안 된다. 그게 율법이다.

그래서 세속적 무슬림들은 그러한 돼지고기가 아닌 것만 먹는다. 한국에서는 할랄 푸드를 구하는 게 쉬운 일이 아니기 때문이다.

하지만 이슬람 근본주의자들은 어떻게 해서든 할랄 푸드만 먹으려고 들 것이다.

"고기의 경우는 샤리아에서 정한 '다비하'라는 방식으로 도축한 것만 인정됩니다. 그리고 그 방식을 도입한 곳은 전국에서 두 곳뿐입니다."

다비하는 이슬람의 전통적인 도축 방식이다.

도살할 가축의 머리 방향을 메카로 향하게 한 후 '자비롭고 자애로우신 알라신의 이름으로'라는 뜻의 '비스밀라 이르라흐만 이르라힘'이라는 말과 '알라는 위대하다'는 뜻인 '알라 후 아크바르'라는 기도문을 외치면서 가축의 목과 식도 정맥을 한 번에 자른 후 피가 빠질 때까지 방치하는 방식이다.

"그중 한 곳은 저 지방에 있으니 이쪽을 관할하는 곳은 한 곳뿐이지요."

"호오?"

전혀 예상하지 못한 추적 방식이었기 때문에 고탁현은 눈을 반짝거렸다.

"그 고기 유통 라인만 추적해도 되겠군요."

"네."

이런저런 잡다한 거야 대충 살 수 있다지만 고기의 경우에는 한국이 할랄 푸드를 수입하는 국가가 아니라서 적당히 구할 수가 없다.

결국 한국 내부에서 다비하 방식으로 도축된 고기를 먹어야 한다.

"그쪽으로 추적해 보도록 하지요."

"그럴까요?"

노형진의 말에 고탁현은 바로 경찰들을 불렀다.

그러자 좀 떨어진 곳에 있던 국정원 요원들은 약간 당혹스러워하는 표정이 되어 버렸다.

'그래, 너희들이 정보를 안 주면 추적하지 못할 거라 생각했겠지.'

그러면 그때쯤 자신들이 목에 힘주면서 정보를 제공하고 추적해서 체포해 모든 실적을 꿀꺽하려고 했을 것이다.

설마 할랄 푸드라는 방식으로 추적할 줄은 몰랐으리라.

'너희들 마음대로 되겠니.'

노형진은 피식 웃으면서 다시 고탁현을 바라보았다.

"어서 움직입시다. 놈들이 더 숨어들기 전에요."

"걱정 마쇼! 내가 금방 찾아낼 테니까."

추적할 방법이 나타나자 고탁현의 얼굴에는 미소가 가득해졌다.

"이곳입니다."

얼마 후 경찰에서 제대로 건수를 물어 왔다.

도축장의 협조를 얻어서, 최근에 갑자기 고기 소비가 급증한 식당을 찾아낸 것이다.

그래서 노형진은 경찰들과 함께 그 근처에서 사람들이 드나드는 것을 보고 있었다.

"그 도축장의 말에 따르면 최근에 사 가는 고기의 양이 많이 늘었다고 하더군요."

"다른 곳도 있다고 하지 않았어?"

"그쪽은 정육점입니다. 그런데 그곳도 이 근처입니다. 그쪽에도 이미 사람을 배치해 둔 상태입니다."

고탁현은 고개를 끄덕거렸다.

"아무래도 그놈들이 이 근처에 있는 모양이군요."

"제 생각에도 그런 것 같네요."

수십 명이 한꺼번에 음식을 사 먹으니 당연히 소비량이 늘어날 수밖에 없다.

음식점에서 매일 사 먹을 수는 없으니 당연히 근처에 있는 정육점에서도 할랄 인증이 된 고기를 사서 먹었을 테고 말이다.

"보아하니 이 근처에 할랄 푸드를 파는 가게도 두 곳 정도 있습니다. 아마 그들도 조사하면 판매량이 확 늘어난 것을 확인할 수 있을 것 같네요."

노형진의 말에 고탁현은 고개를 끄덕거렸다.

"바로 사람을 보내겠습니다."

고탁현이 본청에 전화해서 지원을 요청하는 사이에 모두의 시선은 가게로 향해 있었다.

"생각보다 배달이 많지는 않네."

"대부분 배달이 아니라 와서 먹는 타입이니까."

손채림의 말에 노형진은 간단하게 설명하면서 식당을 노려보았다.

사실 배달은 한국에서나 발달한 문화이지, 다른 나라는 별로 그렇지 않다.

더군다나 할랄 푸드 같은 특별한 음식이라면 더더욱 배달하기가 힘들다.

"설사 배달한다고 해도 드러날 거야. 한 번에 한두 개만 배달하겠어?"

"하긴."

시켜서 먹을 때 한두 개만 배달시키지는 않을 것이다.

샤리아 경찰이라고 자칭하는 놈들의 숫자가 적은 게 아니니까.

그 덕에 결과적으로 그들이 있을 만한 곳을 찾아낼 수 있게 된 것이다.

"과연 어디에 있을까?"

경찰이 제일 많이 하는 것은 과연 무엇일까?

추적? 탐문 조사?

아니다. 제일 많이 하는 것은 다름 아닌 대기다.

숨어서 조용히 기다리는 것. 즉, 잠복.

"제가 한 잠복 중에서 제일 편한 잠복이네요."

고탁현은 피식거리면서 말했다.

"돈 좋은 게 이런 거 아니겠습니까?"

"그러니까요. 이야, 우리도 이럴 수 있으면 얼마나 좋아."

경찰들의 잠복은 대부분 차 안에 앉아서 죽어라 기다리는 것이다.

그런데 노형진 덕분에 건너편 건물의 작은 방을 빌려서 카메라를 설치하고 느긋하게 감시하고 있으니 돈 좋다는 소리가 절로 나왔다.

"여름에는 진짜 곡소리가 나오는데 말이지요."

"그래요?"

"그럼요. 여름하고 겨울은 아주 죽을 맛입니다, 죽을 맛."

여름은 그냥 있자니 덥다. 겨울은 또 춥다.

에어컨이든 히터든 돌리려면 시동을 켜 놔야 하는데, 그렇게 들어가는 기름이 장난이 아니다.

"하루 종일 그 안에만 있으면 온몸이 찌뿌둥한데, 잠깐 나가서 몸이라도 풀다가 눈이라도 마주치면 이건 좆 되는 거고."

"하하하, 고충이 심하시네요."

"죽을 맛이라니까요."

감시하면서 그둘은 이런저런 이야기를 하고 있었다.

원래는 경찰 두 명 정도가 매복하겠지만 오늘은 노형진과 함께 온 경호 팀도 있었기 때문에 그들이 돌아가면서 바깥을 살피고 있어서 문제는 없었다.

"어?"

"왜?"

경찰과의 대화가 재미없는지 물끄러미 화면을 보던 손채림이 문득 고개를 갸웃했다.

"저거 봐 봐."

식당에서 한 남자가 힘겹게 커다란 봉투를 들고 나오고 있었다.

양쪽 봉투에는 제법 많은 양의 음식 포장재가 담겨 있었다.

"흠?"

노형진은 자세를 바로 하고 남자를 뚫어지게 바라보았다.

오토바이 헬멧을 쓰고 있어서 얼굴은 확인할 수 없지만 한 가지는 확실했다.

엄청난 양의 음식을 가지고 간다는 것.

"저놈들일까요?"

"그럴 가능성이 높지요. 저렇게 큰 봉투를 영업장에 둘 이유가 없으니까요."

조금만 뻥을 보태면 사람도 들어갈 만한 봉투다.

이불 같은 커다란 물건도 충분히 들어갈 만한 사이즈의 봉투.

"그만큼 배달하는 곳이 없다는 거, 확인했지요?"

"네."

주변의 공장 같은 곳에서 배달시키지 않은 것은 이미 확인했다. 그렇다면 저렇게 배달하러 나갈 이유가 없다.

"봉투도 미리 준비한 거야."

봉투는 깨끗하다. 어디에 구겨져 있던 게 아니다.

즉, 새로 사 둔 물건이라는 소리다.

노형진은 그걸 보면서 직감적으로 저게 그들에게 가는 물건이라는 것을 알 수 있었다.

"확신해?"

"확실할걸. 분명히 저곳에서는 저렇게 대량으로 배달하러 가는 곳이 없다고 했어."

그러나 미리 봉투를 준비할 정도면 아주 자주 배달시켰다는 뜻이다.

"도대체 왜 말하지 않은 걸까?"

손채림은 고개를 갸웃했다.

자신들에게 말을 했으면 그곳으로 벌써 찾아갔을 텐데.

"기본적으로 할랄 음식을 취급한다는 것이 저들이 무슬림이라는 뜻이야."

그러면 두 가지 가능성이 있다.

샤리아 경찰이라는 작자들에게 공포심을 가지고 있든가, 아니면 그들에게 동조하든가.

"어느 쪽이든 우리한테 알려 줄 이유는 없지."

"음."

"그러니 우리가 여기서 매복하고 있었던 거 아니겠어?"

그러는 사이 사내는 능숙하게 트럭에 짐을 올리고는 시동을 걸고 그곳을 빠져나가고 있었다.

"김 형사, 지금 나가는 거 보여? 그래, 그거. 그거 따라가, 안 걸리게."

고탁현은 기다리고 있던 다른 팀에 서둘러서 전화했다.

미행하기 위해서 그들이 움직일 수 있는 통로에 다른 팀을 대기시켜 놨기 때문이다.

"꼬리를 붙여 놨으니 움직이면 됩니다."

김 형사는 이 짓만 20년 넘게 한 베테랑이니 놓칠 가능성은 낮다.

설사 놓친다고 해도 이미 번호판을 알아 둔 이상 번호를 추적해서 움직이는 것은 어려운 일이 아니다.

"상대방은 적지 않을 겁니다."

경찰은 샤리아 경찰이라는 놈들이 백 명이 넘는다고 판단하고 있다.

얼마나 숨어 있을지 모르지만 적은 수는 아닐 것이다.

"가지고 가는 양을 봐서는 서른 명쯤 될 것 같은데. 아무래도 기동대를 불러야겠지요?"

노형진은 고개를 끄덕거렸다.

"완전무장해서 보내세요. 아시죠, 저놈들 막장인 거?"

"알죠, 누구보다."

말하면서 씁쓸하게 자신의 옆구리를 문지르는 고탁현.

"여권 보자고 하니까 옆구리를 칼로 쑤시더군요."

자신의 나라가 아니다. 거기에다 처벌도 약하니 저들은 자신들이 불리하다 싶으면 그대로 칼로 쑤셔 버리는 성향이 강하다.

"재수 없으면 총격전이 벌어질 수도 있을 겁니다."

노형진 역시 그 부분을 알고 있기 때문에 진지하게 경고했다.

"뭐, 그래서 까짓거 옷 벗으라면 벗지요."

피식 웃은 고탁현이 문을 열었다.

"자, 갈까요?"

⚖️

"허, 이런 곳에 숨어 있었나?"

트럭이 도착한 곳은 공단 외곽에 있는 폐건물이었다.

누가 봐도 전혀 사람이 살 만한 곳이 아니었기 때문에 경찰도 신경 쓰지 않았었다.

"이런 곳이니까 숨어 있을 수 있었겠지요. 여기에 누가 오겠습니까?"

사실 그다지 열악하지도 않다.

화장실도, 사무실도 있는 공간이니까.

뭉쳐서 자는 것만 생각하면 되니까.

"열악하다 열악하다 하지만 군대에서도 생활했는데요."

"아, 씨발. 그러네요. 거기보다는 백배는 낫겠네."

고탁현은 자신의 군 생활을 회상하는 듯 머리를 흔들었다.

한 사람당 대략 1.5평쯤 되는 침상에서 살아야 했던 삶.

그런 곳에서도 살았는데 이런 곳이 뭐 문제가 되겠는가?

"초병도 있고, 제대로 털려면 피 좀 보겠는데요?"

입구로 보이는 곳에 남자 세 명이 서서 담배를 피우고 있었다.

여유로운 모습이지만, 그들은 주변을 향한 감시의 눈초리를 결코 멈추지 않았다.

"담을 넘어가는 것은 무리고."

사실 담을 넘는 순간 뻔하게 다 보이는데 넘어갈 이유도 없다.

"보아하니 무장도 확실하군요."

그들의 옆에 있는 기다란 쇠 파이프.

절대로 우연히 놓여 있는 물건이 아니다. 아마도 비상시에 무기가 될 게 뻔했다.

"뭐, 이쪽도 방패에 경찰 중대를 동원해서 들어갈 테니 문제가 없겠지만. 공격 방향은 이쪽이랑 반대쪽에 있는 입구 두 개로 하고, 나머지 두 개 중대는 포위하면서……."

계획을 짜는 고탁현.

그러나 그런 그의 계획은 실행도 하기 전에 전혀 엉뚱한 대상에 의해서 막혀 버렸다.

"강제 돌입은 금지하라는 명령입니다."

"뭐?"

갑자기 날아온 연락에 고탁현은 기가 막혀서 부하를 바라보았다.

하지만 위에서 한 말이니 그를 노려본다고 해서 뭐가 바뀌는 것은 아니었다.

"아니, 그게 무슨 말도 안 되는 개소리야! 저 새끼들이 누군지 몰라?"

"알죠. 하지만 위에서 안 된다는데 어떻게 하겠어요, 지원 병력을 안 보내 주겠다는데."

"이런 미친."

아무리 그들을 잡고 싶다고 해도 지원 병력이 없으면 들어가는 순간 죽을 것이다.

"도대체 왜! 저 새끼들이 자칭 경찰이라서 그런 거야, 어? 저 새끼들은 깡패야, 깡패! 미국으로 치면 갱단 같은 존재라고!"

그런 작자들을 그냥 두라니?

"말로 설득해 보라 합니다. 여기서 강행 돌파하면 종교 탄압 문제도 있고 또 이슬람 국가들과의 사이도 틀어진다고, 외교부와 인권위에서 불만이 들어왔답니다."

"이런 미친 새끼들."

전 세계에서 가장 말이 안 통하는 사람을 뽑으라면 종교적 광신자들이다.

그중에서도 이슬람 쪽은 말이 통하지 않는 게 아니라 이교도라면 아예 사람 취급도 안 한다.

그런데 '대화'를 해 보라니.

"설마……."

노형진은 직감이 온 듯 국정원 요원을 바라보았다.

"당신들이 한 겁니까?"

"모릅니다."

"국정원이 왜?"

어리둥절한 고탁현.

하지만 노형진은 그들이라고 확신했다.

사실, 확신할 수밖에 없었다.

"수사가 제대로 진행된 것도 아닌데 외교부와 인권위에서 어떻게 알았겠습니까?"

다들 얼굴이 딱딱해졌다.

그러나 국정원 요원의 얼굴은 하나도 바뀌지 않았다.

"네가 그러고도 인간이냐?"

열받은 고탁현은 결국 그런 그에게 한마디 할 수밖에 없었다.

정보를 주지 않아서 맨땅에 헤딩하게 만들어 놓고는 해결책을 찾아냈더니 그마저도 막기 위해서 일을 벌이다니.

"네가 그러고도 인간이야, 어! 한국에서 테러 한 건 터져야 속이 편하겠어?"

"난 모르는 일입니다."

딱 잡아떼는 요원과 소리를 바락바락 지르는 고탁현.

손채림은 이 상황이 이해가 가지 않았다.

"아니, 당장 잡아들여도 될까 말까 한 상황인데 도대체 왜 막는 거야?"

"뭐, 여러 가지가 있겠지. 실적이라든가, 존재감이라든가."

"엉? 그게 무슨 소리야?"

"국정원은 정보 집단이야. 그런데 그런 곳에서도 모르던 일을 경찰이 해결했다고 해 봐. 저들 입장에서는 어떻겠어?"

손채림은 기가 막혔다.

아무리 그렇다 해도, 설마 이렇게까지 할 거라고는 생각도 못 했던 것이다.

'국정원이 합리적인 집단은 아니지.'

하지만 노형진은 그들이 합리적인 집단이 아니라는 것쯤은 알고 있었다.

사실 국정원은 국내 선거에 개입할 정도로 정치적인 집단으로 변한 지 오래다.

"더군다나 중요한 건 존재감이지."

"존재감?"

"그래, 미국에서도 국토안보부나 FBI가 정보를 알고 있으면서도 사소한 사건을 방치하는 경우는 많아."

손채림은 입을 뻐끔거렸다.

정보를 알고 있으면서도 방치하다니. 도대체 왜 그런단 말인가?

"자신들의 존재 의의를 보여 주기 위해서야."

그들이 완벽하게 일해서 테러가 없어지면 아이러니하게도 그들의 필요성은 줄어든다. 그리고 자연스럽게 관련 예산도 줄어든다.

그게 현실이다.

그러니 세계 각국의 정보부는 그런 사태를 막기 위해서 피해 규모가 크지 않은 사건들은 몰래몰래 방치하는 경우도 있다.

"생각해 봐. 미국의 KKK단 같은 곳은 현재도 존재해. 그런데 정작 박멸은 안 되고 있지. 이해가 가?"

미국 정부는 초대형 갱단이나 마찬가지인 KKK단, 즉 백인 우월주의 집단과 오랜 세월 싸워 왔다. 그리고 그들의 세력을 많이 줄였다.

총기 자유국이라는 특성상 그 과정은 전쟁이나 마찬가지였다.

"그렇게 규모를 확 줄이고도 정작 박멸은 못하고 있어. 왜일까?"

"끄응."

생각해 보면 말이 안 된다.

미국은 그때보다 더 강력해졌고, 지금의 KKK단은 사실상 힘없는 조직이다. 박멸하려고 하면 못할 건 없다.

"저들이 내부에 있는 한 국정원은 테러의 위험성을 계속 떠들 수 있지. 그리고 그와 관련된 예산을 받아 낼 수 있고."

하지만 미국 정부는 저들이 진짜 테러범으로 바뀔 가능성은 낮다고 보고 있다.

"쉽게 말해서 예산 따먹기에 딱 좋은 거지."

어깨를 으쓱하는 노형진.

"그런 짓을 한다는 게 말이나 돼?"

"말이 돼. 국방부도 그러는데, 뭘."

국방부는 매년 북한과 싸우면 대한민국이 진다고 돈을 달라고 징징거린다.

사실 말도 안 되는 소리인 게, 저들이 전차가 있으면 뭐 하나? 그걸 운영할 기름도 없는데.

그런 걸 다 잊고 싸운다고 해도, 북한의 전차는 대부분 2세대 전차이고, 대전차 방어 시스템도 없다.

이동 사격도 불가능하고 헌터 킬러 기능도 없다.

야간전 역시 불가능하고, 심지어 사거리도 우리보다 짧다.

"그런데 국방부는 매년 우리보다 북한이 탱크가 많으니 진다고 징징거리지. 오죽하면 정치인이 성질을 내겠어?"

국방부가 자꾸 그런 헛소리를 하니까 모 정치인이 한마디 한 적이 있었다.

진짜로 그러냐고, 우리가 북한보다 들이는 돈이 몇 배인데 진짜로 북한을 못 이기느냐고.

그러면 당신들이 그 돈 다 해 처먹어서 군사 비리로 그런 것이니 당신들을 고발하겠다고.

그렇게 말하고 나서야 국방부는 마지못해서 '그래도 지지는 않습니다.'라고 말을 바꿨다.

"그리고 그렇게 늘어난 예산으로 장군님들 골프장을 만들지."

노형진은 씩 웃으며 말했다.

"이게 정치야."

"끄응."

"그리고 정치 집단으로 변질된 국정원의 입장에서는, 내부에서 자신들의 존재감을 드러낼 수 있는 세력이 절실하거든."

대한민국은 다른 나라와 다르게 내부의 적이 많지 않다.

그래서 내부에 존재감을 드러낼 수 있는 적이 필요할 가능성이 높다.

'정보를 안 주는 것도 그렇고.'

노형진은 고탁현에게 욕을 먹으면서도 입을 꾸욱 다물고 있는 국정원 요원을 물끄러미 바라보았다.

만일 자신의 예상이 맞는다면 저들은 저들의 존재에 대해 알고 있을 가능성이 높다.

사실 경찰이 이미 몇 번이나 관련 정보를 위로 올렸으니 알 수밖에 없다.

"난 모릅니다."

"아오, 씨발 새끼야! 넌 모른다는 말밖에 할 줄 모르냐!"

결국 열통이 터진 고탁현은 길길이 날뛰다가 제풀에 나가 떨어졌다.

이건 뭐 사람 같아야 뭐라도 해 볼 텐데, 무조건 '모릅니다.'가 끝이니.

애초에 이 사건의 해결을 도와주기 위함이 아니라 이 사건의 해결을 방해하기 위해서 온 것이 분명했다.

"뭐, 그렇게 나온다면야."

노형진은 어깨를 으쓱했다.

"씨발, 씨발."

고탁현은 욕을 입에 붙이고 있었다.

범인들이 어디에 있는지 뻔하게 아는데 잡을 수가 없다는 것 때문에 속이 터질 지경이었다.

아무리 자신이 경찰이라고 해도 수십 명이 있는 곳에 단독으로 들어갈 수는 없다.

동료 몇 명 모은다고 해도 대부분은 도망갈 수밖에 없다.

그들을 잡기 위해서는 외곽을 포위해야 하는데, 종교 분쟁을 빌미로 확실한 증거가 나오기 전까지는 절대로 경찰 중대의 동원은 허가해 주지 못하겠다는 게 상부의 말이었다.

"아, 씨발! 확실한 증거가 없는데 어쩌라고!"

사실 지금 상황은 정황증거는 넘치지만 확실한 증거는 없다.

카메라도, 증인도, 사진도, 지문도 없다.

그러니 잡을 수가 없었다.

"이런 샤리아 짭새인지 뭔지 하는 새끼들을 진짜. 아오, 씨발, 씨발."

"경찰이 짭새라는 말을 쓰면 안 되죠."

"일부는 짭새 맞잖습니까? 퉤!"

고탁현은 바닥에 침을 뱉으면서 말했다.

"그리고 그 짭새들이 위에 있고요?"

"그러니까요. 아오, 씨발."

그나마 자신들이 할 수 있는 것은 그들이 다른 짓을 못 하게 숨어서 감시하는 것뿐이다.

"국정원 그 개새끼는 아예 오지도 않고."

"할 일이 없어서겠지요."

애초에 이번 수사를 방해하기 위해서 온 것이었을 테니까.

"아니, 말이나 돼. 자기네 세력을 위해서 내부에 분란을 일으킬 수 있는 존재를 그냥 둔다는 게?"

손채림 역시 이해가 가지 않는 모양이었다.

노형진은 어깨를 으쓱했다.

"그런 거야 흔한데, 뭐. 경찰도 정보를 얻기 위해서 일부 범죄자들은 그냥 두거든."

고탁현은 순간 움찔했다.

"물론 이번에는 스케일이 좀 크지만, 국정원쯤 되면 이 정도야 당연한 거 아니겠어?"

"에이, 씨발."

다시 욕하는 고탁현.

"그나저나 변호사님이 뭐 방법이 있다고 해서 오기는 했는데, 도대체 뭘 어쩌란 겁니까?"

"아, 그거요? 간단합니다. 제가 재미있는 사실을 알아냈거든요."

"재미있는 사실?"

"네. 그들의 계파요."

"그들의 계파? 그런 게 있어?"

"있지. 그리고 그게 이번 사건을 해결할 열쇠가 될 거야."

"뭐, 어떻게?"

어리둥절한 표정이 되는 두 사람.

범죄자들의 계파가 해결의 열쇠라니?

"무슨 소리인가요? 전 전혀 모르겠는데."

고탁현은 고개를 갸웃했다.

계파랑 범죄가 무슨 관계란 말인가?

"이맘이라고 아십니까?"

"이맘?"

"네."

"그게 뭡니까?"

"너도 몰라?"

"처음 들어 보는데."

"쉽게 말해서 종교적 리더야. 교회에서는 목사, 성당에서는 신부, 절에서는 스님 같은 존재."

"그런데?"

"그런데 이게 참, 계파마다 이해관계가 좀 다르거든. 우리나라의 다른 종교도 계파가 있지만."

이맘은 이슬람 교단의 지도자다. 그러나 그들의 신분은 계파에 따라서 차이가 많이 난다.

"종교적 리더의 위치가 계파에 따라서 차이가 난다고요?"

"네, 다른 종교에 비해서 이슬람은 계파 간의 차이가 엄청 나거든요."

아무리 계파가 다르다고 해도 교회의 리더는 목사고 절의 리더는 스님이다. 천주교야 모두 교황 아래에 속하기 때문에 딱히 계파라는 게 없지만.

"이슬람의 계파 중 대표적인 게 시아파와 수니파입니다."

이맘의 가장 강력한 권한은 바로 코란의 해석에 있다.

목사가 어떻게 해석하느냐에 따라서 강연 내용이 달라지듯이, 이슬람 역시 그런 것이다.

"그런데 그 이맘이라는 것에 대한 정의가 좀 달라. 아니, 완전히 다르다고 봐야지."

수니파의 경우는 이맘이라는 존재 자체에 대한 특정이 없다.

정확하게 말하면 누구나 이맘이 될 수 있다.

여러 명이 모였을 때는 좀 더 나이 먹은 사람이 이맘 역할을 하고, 혼자서 기도할 때는 본인이 이맘 역할을 한다.

그렇기 때문에 수니파에서는 이맘이라는 존재가 그다지 강력한 힘을 가지지 않는다.

"그에 반해서 시아파는 다르지."

시아파는 코란을 해석할 자격이 있는 사람인 이맘의 신분을 무함마드와 알리의 자손으로 한정하고 있다.

"무함마드와 알리의 자손?"

그들이 누군지 모르기 때문에 손채림은 고개를 갸웃했다.

"무함마드라고 간단하게 표현하지만, 풀 네임은 좀 길어."

그의 풀 네임은 아부 알 카심 무함마드 이븐 아브드 알라 이븐 아브드 알 무탈리브 이븐 하심 빈 아브드 마나프 알 쿠라이시다.

"외부에서는 이슬람의 창시자라고 이야기들 하는데, 정확하게 말하면 이슬람의 최초의 예언자라고 표현하는 게 맞아. 예수가 하늘의 계시를 받았다고 하듯이 그가 알라신의 계시를 받은 거지."

"아아."

"그리고 알리는 4대 칼리파야."

그의 풀 네임은 알리 이븐아비 탈리브이다.

그는 4대 칼리파로서, 공식적으로는 최초의 남자 무슬림으로 인정받고 있다.

"칼리파?"

"어, 천주교의 교황 같은 존재지."

"아아."

"시아파는 그들의 자손만이 코란의 해석이 가능하다고 인정해."

사실 무함마드의 유일한 남자 후손은 알리에게 시집간 첫 번째 딸 파티마가 낳은 하산과 후세인뿐이다.

더군다나 알리는 무함마드의 사촌이기도 하다.

그러니 무함마드의 혈통이나 알리의 혈통이나, 차이는 없는 것이다.

"그리고 하미드와 아사드는 시아파야."

"그래서?"

"그들에게 이맘은 성스러운 예언자의 핏줄을 이은 자들이야. 그러니 그들의 말은 절대적이지."

"그런데?"

"그런데 말이야, 우연히도 우리나라에 시아파 이맘이 온단 말이지."

"허얼?"

"참 묘하게 이슬람 교단의 초청을 받아서 온단 말이야."

싱글거리면서 웃는 노형진.

그리고 손채림은 그 초청의 뒤에 노형진이 있다는 것을 알아차렸다.

사실 한국은 이슬람 교단의 세가 크지도 않다. 그러니 이맘을 초대할 정도로 돈이 많지도 않다.

아마도 그 돈을 대 주는 것은 노형진일 것이다.

"그럼 시아파에서 이맘의 힘은?"

"아마 주교쯤 되지?"

손채림은 그 의미를 알아듣고 씩 웃었지만, 이해하지 못한 고탁현은 고개를 갸웃했다.

"그거랑 이번 사건이 무슨 관계죠?"

"이맘이 그를 부정하면 어떻게 될까요?"

"네?"

고탁현은 이해하지 못한 듯 다시 두 사람을 바라보았다.

하지만 손채림은 이미 알아듣고 피식거리고 있었다.

"간단하게 말해서 천주교에서 보면 파문당했다는 뜻이에요. 뭐, 그 정도까지는 아닐 수도 있지만."

"파문?"

"네. 기본적으로 이슬람의 특성을 이용한 작전이네요."

이슬람 종교는 타 종교의 사람들을 사람으로 보지 않을 정도로 극단적인 면이 있다.

하물며 타 종교에 대한 수준이 그런데, 이슬람 율법인 샤리아를 어겨서 파문당한다면?

"저들의 가장 강한 지지 세력은 다름 아닌 이 지역의 무슬림들입니다. 하지만 그들이 등을 돌린다면요?"

"아하!"

고탁현은 손바닥을 딱 쳤다.

"내부에서 일이 터지겠군요!"

"그렇겠지요."

이번 사건을 주동한 놈들은 하미드와 아사드다.

그들이 리더가 될 수 있었던 것은 샤리아라는 종교적 규율 때문이다.

그런데 그들이 파문당한다면 근본부터 완전히 무너지는 것이다.

"만일 그렇게 된다면 내부에서도 문제가 생기겠지요."

샤리아 경찰을 자처하는 놈들의 특징은 종교적 광신이다.

그런데 파문당한 작자가 리더라면?

"과연 어떻게 될까? 후후후."

"알라 후 아크바르."

'알라 후 아크바르'는 테러범들이 자주 써서 테러범들의 외침처럼 알려져 있지만, 사실 이슬람식의 기도문이자 인사법이다.

안산에 이맘이 왔다는 소식에 수많은 무슬림들이 찾아왔다.

수니파야 파가 다르다 못해서 사이가 안 좋다고 하지만, 시아파의 경우는 천주교로 치면 다른 나라의 추기경이 온 셈이니까.

"감사합니다. 덕분에 우리의 형제들을 볼 수가 있었습니다."

이맘은 노형진에게 감사의 인사를 건넸다.

비행기와 숙소뿐만 아니라 만남에 들어가는 모든 비용을 노형진이 내줬기 때문이다.

"별말씀을요. 이슬람이 오명을 벗고 평화의 종교로서 널리 알려지기 바랄 뿐입니다."

"반가운 말씀이십니다."

이맘은 진정으로 기쁜 듯했다.

워낙 테러범이 많다 보니 어쩔 수 없긴 하지만, 이맘의 입장에서도 테러 종교라는 오명은 그다지 반갑지 않을 테니까.

통역을 사이에 두고 그와 인사를 나누면서 노형진은 구석에서 자신을 바라보는 시커먼 남자들을 흘낏 살폈다.

'후후후, 너희들이 어쩔 건데?'

이맘의 방문은 전혀 예상하지 못했기 때문인지 국정원에서는 밀착 감시를 하고 있었다.

하지만 그들이 할 수 있는 것은 없다.

'너희가 건드리는 순간 한국이 뒤집히겠지.'

이맘은 시아파의 종교적 리더다. 그런 그를 국정원이 건드리면 전 세계 시아파 소속의 테러범들이 한국으로 몰려올 것은 뻔한 일.

'너희들이 감당할 수 있을 리 없지.'

고작 하미드와 아사드 정도로 예산을 타 먹어 왔던 국정원의 입장에서는, 진짜로 테러범들이 한국으로 노리기 시작하면 막기가 어려워진다.

그러니 그들은 그걸 막기 위해서는 어떻게 해서든 이맘을 지켜야 한다.

안 그래도 몇몇 교회에서 이단이니 사탄의 앞잡이니 하는 말을 하면서 자극해서 잔뜩 긴장한 상황.

노형진은 그런 국정원 요원들을 보면서 피식 웃었다.

"알라신에게 충실한 형제를 만나는 것만큼 기분 좋은 일은 없지요."

그런 그의 속도 모른 채 이맘은 연신 기분 좋은 미소를 지었다.

노형진 역시 마주 웃어 주고 있었지만, 속으로는 다른 의미로 미소 짓고 있었다.

'자, 그러면 슬슬 떡밥을 던져 볼까?'

노형진은 그렇게 생각하면서 품에서 뭔가를 꺼내서 건넸다. 녹색으로 만들어진 책자였다.

"오, 이건 뭡니까?"

"한국어 버전 코란입니다. 이 지역의 샤리아 경찰이 제작하여 배포하고 있습니다."

노형진이 이야기하자 통역은 별 의심을 하지 않고 그걸 받아서 넘겨주면서 설명했다.

그러자 방금 전까지만 해도 기분 좋아 보이던 이맘의 얼굴에 불편함이 가득해졌다.

'그래, 불편하겠지. 더 불편해져라, 후후후.'

이맘이 불편해하는 이유는 간단하다.

코란은 샤리아의 율법에 따라서 다른 언어로의 번역이 금지되어 있다.

그런데 샤리아 경찰이라는 작자들이 번역판 코란을 만들어 냈다고 하니 어이가 없는 것이다.

물론 모든 무슬림이 다 아랍어를 아는 게 아니기 때문에 번역된 것도 있다.

하지만 그건 코란이라고 불리지 않는다.

보통은 코란의 의미를 담은 다른 형태의 제목을 달게 되어 있고, 그렇다고 해도 옆에 '코란'을 병기하는 것이 보통이다.

그런데 이 책은 척 봐도 제목란에 '코란'이라고 써 있고 당연히 병기되어 있어야 하는 원본 코란 역시 삭제되어 있었다.

"왜 그러십니까?"

"음, 아닙니다."

이맘은 불편한 심기를 진정시키기 위해 노력했다. 이걸 가지고 노형진에게 따질 수는 없으니까.

하지만 그의 말투에는 은은한 노기가 치밀어 오르고 있었다.

샤리아 경찰이 정작 샤리아를 어기고 있으니까.

"그렇다면 그들은 어디에 있나요?"

"네?"

"샤리아 경찰이라고 하니, 여기에 있을 거 아닙니까?"

스스로 샤리아 경찰이라고 할 정도면 당연히 여기에 왔을 줄 알고, 이맘은 한 소리 하기 위해서 그들을 찾았다.

　　그러나 그들이 여기 왔을 리 없다.

　　"그들은 여기 없는데요."

　　"뭐라고요?"

　　"폐공장에 모여 있기는 하지만, 여기에는 안 왔습니다."

　　"그들은 수니파인가요?"

　　"시아파라고 들었습니다."

　　이맘의 표정은 점점 더 나빠져만 갔다.

　　수니파라면 이해라도 간다. 일단 수니파와 시아파가 사이가 안 좋은 것도 있고, 교리 자체가 달라서 이맘 자체를 인정하지 않으니까.

　　하지만 시아파, 그것도 샤리아를 지킨다는, 자칭 샤리아 경찰이 오지 않았다?

　　이건 심각한 모욕이다.

　　아마 한국이 진성 이슬람 국가였다면 볼 것도 없이 당장 모가지가 날아갔을 일.

　　"그들을 한번 볼 수 있을까요?"

　　이맘은 그래도 애써 웃으면서 물었다.

　　"당연하지요."

　　노형진은 씨익 미소를 지으면서 말했다.

"상황은 어때?"

ー준비 오케이.

전화기 너머 손채림의 목소리에 노형진은 미소를 지었다.

드디어 마지막 준비가 끝났다는 연락이 온 것이다.

고개를 슬쩍 돌려 보니 이맘은 상당히 불편한 얼굴로 창밖을 바라보고 있었다.

자국에서는 보기 힘든 녹색의 나무가 가득했지만 심기가 불편하니 아무것도 눈에 들어오지 않는 모양이었다.

'지금이 아니면 즐기지도 못할 텐데, 쯧쯧.'

노형진은 혀를 끌끌 차면서 창밖으로 시선을 돌렸다.

폐공장으로 가는 길은 오래 걸리지 않았다.

사실 그들은 이맘이 오는 것을 몰랐다.

아마 이맘이 오는 걸 알았다면 체포를 감수하고라도 나왔을 것이다.

하지만 경찰이 철저하게 감시했다.

그들을 때려잡는 것은 파워 게임에 밀려서 못한다고 할지라도, 나오지 못하게 대놓고 감시하는 것은 가능했기 때문에 그들은 차마 나오지 못했던 것이다.

게다가 노형진이 주변에 몰래 전파방해 장비를 설치해서 핸드폰도 되지 않았으니 이맘에 대해서는 전혀 모를 수밖에.

'지금쯤이면 전파방해 장비도 치웠을 테고.'

아마 이제야 이맘이 한국에 왔다는 소식을 접하고 어떻게 해야 하나 고민하고 있을 것이다.

'설마 못 나오게 한 걸로 끝일 리 없지, 흐흐흐.'

노형진은 씩 웃으면서 슬쩍 창문을 열었다.

곧, 고소한 냄새가 차 안으로 흘러들어 왔다.

"음, 어디서 돼지고기 냄새가 나네요."

"그래요?"

"네. 어디서 구워 먹나 본데요?"

노형진은 그렇게 말했고, 이맘은 그 말을 전해 듣고는 얼굴을 찌푸렸다.

이슬람 문명에서 돼지고기는 절대적인 금기 음식이다. 그러니 마음에 안 들 수밖에 없다.

"뭐, 금방 사라지겠지요."

노형진은 그렇게 말했지만, 그의 말과 다르게 냄새는 점점 강해졌다.

그리고 그들이 그 폐공장에 도착했을 때에는 사방에서 고기 냄새가 진동하고 있었다.

"허."

아까 그 냄새가 돼지를 굽는 냄새라는 것은 이맘도 들어서 알고 있었다.

그런데 샤리아 경찰이 있다는 곳에서 그런 냄새가 진동하니 어이가 없는 것이다.

돼지 굽는 냄새를 몰랐다면 알아채지 못했겠지만 이미 노형진에게서 들었으니 알 수밖에 없다.

그리고 애초에 그런 목적으로 노형진이 문을 열었던 것이고.

"저기……."

노형진은 아무것도 모르는 척 건물로 접근하다가 문득 곤란한 표정으로 말했다.

"이슬람에서는 돼지고기가 금지되지 않나요?"

"그렇지요."

통역관은 고개를 끄덕거렸다.

그러자 노형진은 한쪽을 보면서 당혹감을 감추지 못했다.

"그런데 저건 뭐죠?"

"뭐가 있기에……."

노형진의 시선을 좇아간 통역관의 눈이 격하게 흔들렸다.

아랍어를 통역하려면 이슬람 문화에 대한 상식은 기본이다. 그리고 그가 알기로 이슬람의 금기 중의 금기가 돼지고기를 먹는 것이다.

그런데 한구석에 돼지고기 포장 상자가 잔뜩 쌓여 있었다.

"이게 무슨……. 아까 샤리아 경찰이라고 하지 않았습니까?"

"네."

"그런데 돼지고기를 구워 먹었다고요?"

"그런가 본데요."

"이런 미친."

통역관도 당황해서 어쩔 줄 몰라 했다.

'그래, 당황해라, 흐흐흐.'

사실 이 돼지고기 포장재도 노형진이 벽 너머에서 던져 둔 것이다.

그거야 조금도 어려운 일이 아니니까.

그러나 그걸 본 이맘의 얼굴은 분노로 가득했다.

벌써 금기를 두 개나 어기고 자신을 한번 모욕했다. 그러니 화가 나지 않으면 사람이 아니다.

하지만 그가 폭발한 것은 그다음에 벌어진 일 때문이었다.

"이맘!"

안에 있던 자들이 다급하게 나와서 바닥에 엎드렸다.

노형진이 전파방해 장비를 끄자 그동안 두절되었던 연락이 한꺼번에 이루어졌고, 그중에는 이맘이 한국에 왔으며 여기로 오고 있다는 소식도 있었다. 당연히 샤리아 경찰들은 기겁해서 튀어나온 것이고.

"이맘께서 오시는 줄 몰랐습니다. 인사가 늦은 것을 사죄드립니다."

하미드와 아사드를 비롯하여 자칭 샤리아 경찰들은 바닥에 넙죽 엎드렸다.

그러나 이맘의 시선은 다른 곳으로 향해 있었다.

그의 시선을 따라서 시선을 돌린 샤리아 경찰이라는 놈들은 얼굴이 사색이 되었다.

"허어억!".

밟히고 찢어진 채로, 바닥에 흙투성이가 되어 뒹굴고 있는 코란.

코란은 이슬람의 전부이며 또한 근본이다.

코란은 집에서 가장 높은 곳에 보관해야 하며, 그걸 볼 때도 몸을 정갈하게 하고 열어 봐야 한다.

그런데 그런 코란이 더럽혀진 채로 바닥을 나뒹굴고 있었다.

누가 흘린 것인지 모르지만, 이는 신에 대한 불경 그 자체.

'물론 이것도 내가 한 거지만.'

고의적으로 코란 하나를 흙으로 더럽혀서 안에 던져 둔 것이다.

그걸 모르는 이맘의 입장에서는 이건 도무지 용납할 수가 없는 일이었다.

샤리아의 번역 금지 사항을 어기고, 그것으로도 부족해서 돼지고기까지 먹고, 심지어 코란을 흘리고도 그걸 몰라서 짓밟고 다니다니.

이건 신에 대한 완벽한 모욕.

"이놈들!"

이맘의 분노가 터져 나왔다.

⚖️

"지금 뭐 하자는 거야!"

경찰서장은 발을 동동 굴렀다.

폐공장은 군중에 의해서 포위되어 있었다. 그리고 경찰은 아까와 반대로 안에 있는 자들을 지키기 위해서 노력하고 있었다.

"우리도 어쩔 수가 없다고요."

고탁현은 방법이 없다는 듯 어깨를 으쓱했다.

"우리는 여기를 지키기도 힘들어요."

이맘은 극도로 대로했다.

그냥 '아, 화난다.' 수준이 아니라, 극도로 흥분해서 당장 파트와를 신청하겠다면서 난리였다.

파트와는 일종의 교리적 판단을 뜻하는데, 이 경우는 종교 재판이라고 보면 된다.

이슬람에서는 규율을 어겨서 파트와에 처해진 자는 인간 취급을 받지 못한다.

샤리아 경찰이라는 이름하에 샤리아를 이용해서 착취하던 그들이 파트와를 당하게 되었다는 사실을 안 사람들이 극도로 흥분해서 몰려온 것.

일부 극단적 사람들은 그들이 나오면 당장 때려죽일 기세였다.

"당장 전경 중대 불러!"

"여기서요? 그랬다가는 종교전쟁이 벌어질 텐데요?"

당장이라도 들어가서 거대한 싸움이 벌어질 것 같은 상황에서 역으로 당하게 되자, 경찰서장과 국정원 요원들은 당혹감을 감추지 못했다.

'그래, 어쩔 거냐, 후후후.'

종교전쟁은 애들 싸움이 어른 싸움 되는 것과 비슷하다.

여기서 무슬림들이 싸우게 되면 그 결과는 심각해진다.

왜냐하면 여기 몰려온 대다수는 수니파이기 때문이다.

노형진 덕분에 이들이 코란을 밟고 다녔다고 소문이 난 것이다.

거기에다 이맘이 극도로 분노해서 파트와를 선포하고 돌아갔으니 심증은 확실했고, 결국 여기서 싸우게 된다면 수니파와 시아파의 싸움이 되는데, 전 세계적으로 그들이 싸우기 시작하면 좋은 꼴을 보는 것은 글러 먹은 셈이다.

각자 영역에 상관없이 서로에게 무차별적으로 테러하는 집단들이 있기 때문이다.

그런데 한국에서 수니파와 시아파가 싸움이 났다?

'다국적 테러범들이 참으로 환장하고 달려들겠지.'

수니파 테러범은 시아파를 노릴 테고, 시아파 테러범은 수니파를 노릴 테고.

"으아."

서장은 머리를 부여잡았다.

"경찰 중대를 동원하세요."

"네?"

그런데 구석에서 불편한 얼굴로 서 있던 국정원 요원이 말했다.

"치안이 우선입니다. 일단 경찰 중대를 동원하여 돌입해서, 샤리아 경찰들을 체포하세요."

"그, 그래도 됩니까?"

"네."

국정원 때문에 중대를 동원하지 못하던 서장의 얼굴에 화색이 돌았다.

'그럴 줄 알았다.'

그들을 이용해 예산을 타 내는 건 좋지만 그들이 스모킹 건이 되어서 수니파와 시아파의 싸움이 시작되는 것은 국정원이 원하는 바가 전혀 아니다.

그러니 그들도 결국 샤리아 경찰을 진압하는 쪽을 선택할 수밖에 없었다.

"당장 경찰을 불러서 체포하세요."

"하지만……."

무려 백 명 가까이 되는 놈들이다. 그런 그들이 과연 쉽게 포기할까?

노형진은 주저하는 서장에게 간단한 팁을 알려 줬다.

"저항이 그렇게 강하지는 않을 겁니다."

"뭐라고요?"

"저쪽은 지금 멘붕 상태일 테니까요."

평생을 이슬람을 믿고 살았는데 파트와, 그러니까 종교재판에 회부된다고 하니 인생 자체가 부정당한 셈이다.

그들의 종교관에 따르면 지옥 확정인 셈이라고 해야 하나?

"고작 그걸로요?"

"고작 그게 아닙니다. 파트와는 단순 처벌이 아니에요."

얼핏 보면 파문과 비슷하지만 그 효력은 파문과 비교할 수가 없다.

과거 호메이니가 《악마의 시》를 쓴 사람과 그걸 번역한 사람들에 대해서 파트와를 선고한 적이 있다.

《악마의 시》가 이슬람을 부정적으로 표현했기 때문이다.

그래서 호메이니는 그들을 죽이라고 처형 명령을 내렸다.

그리고 실제로 《악마의 시》의 원작자는 숨어서 살고 있고, 그걸 번역했던 사람은 사살되기도 했다.

"그리고 파트와는 율법상 선고한 사람만 풀 수 있지요."

"그래서요?"

"저들에게 이맘을 설득해서 오해를 풀어 줄 테니 자수하라고 하세요."

"헐, 그걸로 죄를 인정한다고요?"

"할 겁니다."

종교적 광신이 더 중요한 저들에게 파트와는 차라리 죽는 것보다 더한 처벌이다.

"될까?"

서장이 곤혹스러운 듯 말하자 고탁현이 빙그레 웃었다.

"아니면 경찰 중대를 동원해서 수니파, 시아파와 더불어 함께 피 좀 볼까요?"

서장은 얼굴이 사색이 되었다.

"통역가! 통역가 어디 있어? 당장 불러와!"

다급하게 통역가를 찾으러 가는 서장.

그때 그 모습을 보고 있던 국정원 요원이 노형진에게 다가왔다.

"한 방 먹었습니다."

"별말씀을 다 하시네요."

국정원쯤 되는 곳이 노형진이 뭔 짓을 했는지 모를 리 없다.

하지만 그걸 알면서도 제대로 당해 버렸다.

멘붕이 온 샤리아 경찰은 오해를 풀기 위해 자수를 할 수밖에 없다.

안 그러면 자신들 같은 극단적 추종자들이 자신들의 목을 가지러 올 수도 있으니까.

사실 죽음은 중요하지 않다.

중요한 것은 파트와를 당하면 지옥으로 갈 수밖에 없다는 것.

그게 그들을 절박하게 만들고 있었다.

"다음번에는 제대로 일해서 돈 받으려고 하세요."

노형진의 말에 국정원 요원의 눈썹이 꿈틀거렸다.

"국정원은 공무원 아닌가요?"

실실 웃으면서 말하는 노형진을 뚫어지게 바라보던 그는 몸을 돌려서 그곳을 떠났다.

'속으로는 열통이 터지겠지.'

하지만 자신에게 손을 대지는 못한다.

지금쯤이면 자신의 뒤에 CIA가 있다는 걸 알 테니까.

"와!"

잠깐 사이에 협상이 끝났는지 경찰 중대가 와서 사람들을 밀어내고 자리를 만들고, 안에 있던 자칭 샤리아 경찰을 데리고 닭장차에 태우기 시작했다.

다행히 다른 무슬림들 역시 그걸 보고 일을 크게 만들지는 않았다.

"어때요?"

안에서 나온 고탁현에게 노형진이 묻자 그는 피식 웃었다.

"이맘을 설득해 주겠다고 하니까 바로 항복하던데?"

"원래 종교는 현실보다 무서운 법이지요."

고개를 푹 숙인 채 나오는 그들을 보며 노형진은 피식 웃어 버렸다.

이건 엿으로도 못 바꿔 먹어

"전쟁요?"

"그래. 소문이 파다하더군."

노형진이 다른 일에 집중하던 사이 생각지도 못했던 일이 터졌다.

원래 역사에서 없었던 일이지만, 이번에는 생각지도 못하게 노형진 때문에 생긴 일.

"그래서 최재철과 유찬성이 싸움이 났다고요?"

"쉿! 목소리가 너무 커."

송정한은 낮게 말했다.

"공식적으로는 아니야. 하지만 내부적으로는 싸움이 난 모양이더군."

"큭."

이건 생각지도 못한 일이다.

하지만 어떻게 보면 피할 수 없는 일이기도 했다.

'하긴 유찬성 의원이 급속도로 성장하기는 했지.'

회귀 전에는 유찬성 의원이 탱커 노릇을 하고 대립각은 세웠어도 그 둘이 싸움이 날 정도는 아니었다.

유찬성이 힘이 달린 것도 있지만, 최재철의 싸움 대상으로는 부족했기 때문이다.

하지만 지금은 다르다.

유찬성이 상당한 세력을 가지게 되었고, 반대로 최재철은 세력이 약간 주춤한 상황이다.

"그런데 왜요?"

"내부에서 나온 이야기에 따르면 최재철이 유찬성 의원이 더 성장할 것이기 때문에 미리 밟아 버리라고 말했다고 하더군."

"어째서요?"

"어째서겠나. 세력이 강해지면 그만큼 불리해지는 것은 자신이기 때문이지 않겠나?"

"음."

유찬성 의원은 탱커다. 그리고 현 정권의 약점을 물어뜯는 데 도가 튼 사람이다.

그리고 현 정권의 실세이자 치명적 약점이 바로 최재철이다.

"알게 모르게 그 둘이 계속 대립해 왔다네."

전이라면 코웃음을 쳤겠지만 이번에는 그러지 못했다.

유찬성 의원의 진두지휘 아래 체계적으로 저항하기 시작했던 것이다.

'하긴, 부담스러울 수밖에 없겠군.'

원래 역사에서 이 시점에는 야당을 이끄는 리더다운 리더가 없었다.

개혁을 바라던 리더가 있었지만, 개혁을 반대하던 집단이 함정을 파서 그가 실권한 지 얼마 되지 않았던 것이다.

그래서 이 시기에 야당은 중구난방으로 세력이 마구 퍼져 있었고, 최재철은 각개격파를 하면서 손쉽게 권력을 공고히 할 수 있었다.

'그런데 유찬성 의원이 전면에 나선 거군.'

확실히 유찬성 의원은 정치인이다.

전에 있던 야당의 리더는 극단적 개혁 성향이라 티끌 하나 정도의 잘못도 인정하지 못하는 반면, 유찬성은 개혁 성향이라고 하지만 어느 정도 눈을 감아 줄 정도로 적당히 정치를 알고 있는 사람이었다.

'야당 입장에서는 적당한 리더로 보이겠지.'

더군다나 유찬성은 자신은 몸빵이라 대통령감은 안 된다고 말하고 다니곤 했다.

물론 나중에 그게 어떻게 바뀔지 모르지만, 그가 끝까지 대통령을 하지 않겠다고 한다면 다른 권력자들에게 기회가 가니 그들의 입장에서는 적당히 눈치가 있는 유찬성을 밀어 주는 것이 기회였을 것이다.

"생각지도 못한 일이군요."

원래 역사에서는 속절없이 무너져야 하는 야당이 유찬성을 중심으로 뭉쳐서 저항하기 시작했다는 것.

"하지만 우리 입장에서는 곤란한데요. 아직 유찬성 의원은 힘이 부족할 텐데요?"

"그렇지. 그래서 걱정이야."

유찬성과 최재철이 전면적으로 싸운다면? 당연히 최재철의 승리다.

'이러면 곤란한데.'

유찬성을 키워서 최재철과의 싸움에 이용하려고 하던 노형진과 송정한 그리고 새론 입장에서는, 벌써부터 싸움이 나서 그가 쓰러지는 것은 당연히 바라지 않았다.

"어디서 나온 말입니까?"

"유 의원 측에서 나온 말일세."

"그럼 틀림없겠군요."

자신들이 당한 게 있으니까 나오는 것이다.

"처제가 하는 가게에 세무조사가 나왔다고 하더군."

"처제요?"

"그래."

"큰가요?"

"그냥 작은 속옷 가게야. 흔해 빠진 곳이지. 한 15평 정도 되는 곳이라고 하더군."

"흠."

그냥 세무조사다.

그 정도의 가게를 세무조사를 하는 경우는 거의 없다.

전국에 그런 작은 규모의 가게가 몇백만 개일 텐데, 그걸 어떻게 다 세무조사를 하겠는가?

그런데도 세무조사가 들어왔다는 것은…….

"최재철 말고는 이유가 없군요."

"그래."

최재철의 싸움 방식.

그건 주변부터 조금씩 사람을 말려 죽여 가는 것이다.

그래서 가족들이 고통받는 것을 두 눈으로 본 사람이 무너지도록 하는 것이다.

"처제라……."

그런 의미에서 유찬성의 처제에 대한 세무조사는 적절한 선택이다.

작은 가게에서 현금을 누락시키는 건 흔한 일이니, 그걸 빌미로 형사처벌을 하도록 하는 것은 최재철에게는 어렵지 않은 일이니까.

'그리고 그렇게 되면 유찬성은 아내에게 부담스러운 공격

을 받을 수밖에 없다.'

야당의 4선 의원.

그런 그가 처제가 감옥에 가게 생겼는데 그냥 있기는 뭐할 텐데, 그렇다고 말이라도 한마디 하는 순간 기다리고 있던 기자들이 유찬성 의원에게 이빨을 드러내면서 물어뜯을 것이다.

"작은 사건서부터 끌어들여서 무너트린다라…… 좋은 작전입니다."

유찬성 의원도 바보는 아닐 테고, 그냥 아무런 말도 하지 않을 수도 있다.

하지만 이런 경우 최재철은 어떻게 해서든 실형이 나오게 할 텐데, 그러면 유찬성 의원은 아내와 처가와의 사이가 틀어질 수밖에 없다.

처제가 위험한 걸 알면서도 도와주지 않았으니.

"수신제가치국평천하라고 하던데, 그건 물 건너갔겠군요."

"그래."

집안에서 가족들과의 관계가 소홀해지면 자신의 일에 집중하는 것은 쉬운 일이 아니다.

그리고 마치 어디서 새어 나간 것처럼, 기자들은 가족도 제대로 건사하지 못하는 무능한 아버지 이미지를 들이밀 테고.

"제대로 독박을 쓰겠군요."

뭘 하든 꼬투리를 잡힐 수밖에 없는 구조다.

그나마 가만히 있는 것이 좀 더 유리하긴 하겠지만······.

'집안이 시끄러우면 무슨 문제가 생길지 모르지.'

단순히 싸우는 정도에서 그칠 수도 있지만 이혼 이야기까지 나올 수도 있고, 뭘 하든 정치인에게는 치명적이다.

이혼 같은 경우, 일반인도 이혼 이야기는 구설수 정도겠지만 정치인에게는 좋은 이미지가 아니다.

아내를 버렸다는 이미지가 만들어지기 시작하면 여성 지지자들이 많이 나가떨어지니까.

'그러면 저들도 온갖 이유를 붙이겠지.'

만일 이혼 이야기가 나오면 유찬성 의원이 양심을 지켜서 이혼한다는 소리가 나올까?

그럴 리 없다.

지금 언론은 최재철의 손아귀에 들어가 있다.

아마도 슬쩍슬쩍 논조를 바꿔서, 마치 유찬성이 조강지처를 버린다는 식으로 말할 가능성이 농후하다.

"유 의원이 어찌할 바를 모른다고 하더군."

"음."

노형진은 입술을 깨물었다.

그 또한 우려하던 일이다.

최재철은 자신에게 대적할 만한 사람을 그냥 둘 놈이 아니었다.

지금만 해도 자신에게 위협이 된다고 생각하자 바로 공격에 들어간 것이다.

"우리에게 정식으로 의뢰가 들어온 겁니까?"

"그건 아닐세. 내부에서 나온 이야기일 뿐이야."

"그렇군요."

아직 유찬성 의원이 도움을 청하지 않았다는 것은 둘 중 하나다.

여유가 있다고 생각하거나, 법적으로 어찌할 방법이 없다고 생각하거나.

'전자는 아니겠지.'

정치 밥을 20년이나 먹은 유 의원이 아직 여유가 있다고 느긋하게 생각할 리는 없다.

도리어 그는 최재철의 정체를 알고 극도로 경계하고 있을 것이다.

'그렇다면 후자.'

법적으로 어찌할 방법이 없다고 생각하는 것.

노형진은 눈을 감았다가 떴다.

"우리가 도와줄 방법은 없을까요?"

"우리가 말인가? 하지만 우리가 무슨 수로? 이건 정치 싸움이지 법률 싸움이 아니야. 소송이라도 할 건가?"

어찌 되었건 법적인 정의는 저쪽에 있다.

아무리 작은 가게가 현금을 누락해서 세금을 줄이는 게 흔하게 있는 일이고 사람들이 암묵적으로 모른 척한다고 해도,

그 법적인 정의는 법을 지키는 사람들에게 있다.

"물론 변론을 해 줄 수는 있지. 하지만 무슨 의미가 있겠나?"

"그렇겠지요."

아마 아무리 잘 변론해도 실형은 피할 수 없을 것이다.

이미 범죄는 확정적이니까.

"자네가 봤을 때 형량을 줄이거나 처벌을 면할 수 있는 방법이 있다고 생각하나?"

"전혀요. 정치적 사건의 경우라면 방법이 없다고 봐도 무방합니다. 얼마 전 명예훼손 사건도 있었지 않습니까?"

"하긴."

송정한은 눈을 찌푸렸다.

얼마 전 있었던 그 사건은 세상에 알려지지 않았지만 법조계 사람들에게는 심각한 사건이었다.

"징역 1년이라니, 터무니없는 거죠."

어떤 네티즌이 모 정치인의 과거에 대해서 신랄하게 비판을 한 적이 있다.

그런데 그 정치인이 그를 명예훼손으로 고소했다.

비판 과정에서 그 정치인의 과거의 잘못을 이야기했기 때문이다.

명예훼손은 진짜 있었던 일도 대상이 되기 때문이다.

사실 여기까지는 충분히 있을 수 있는 일이었는데, 문제는 그다음이었다.

집요하게 파고든 것도 아니고 자신의 블로그에 단 한 번 그 이야기를 했는데, 법원은 징역 1년을 구형했다. 그리고 1심부터 3심까지 단 3개월 만에 끝났다.

'말도 안 되는 개소리였지.'

보통 1심이 3개월부터 6개월이 걸리고 3심까지 가려면 빨라도 3년, 보통은 5년은 잡아야 한다.

그런데 단 3개월 만에 3심까지 끝난다?

행정적으로는 불가능하다.

더군다나 집요하게 명예훼손을 하는 사람들도 대부분 벌금형인데 단 한 번 언급했다고 징역 1년 형.

터무니없이 과한 처벌이다.

"그거야 유명하지 않나. 그 이야기를 막으려고 계획적으로 한 거니까."

"그렇지요."

그렇게 한 이유는 간단하다.

그렇게 함으로써 누구도 다시는 그 이야기를 꺼내지 못하게 하기 위해서다.

효율적으로 사람들의 입을 틀어막기 위한 것이다.

선거라도 가깝다면 또 모르지만 선거도 멀었으니 자신의 과거의 더러운 면을 묻어 버리려고 한 것.

"그 정도 가지고 그렇게까지 했는데 탈세로 사람 인생 망치는 거야 쉽죠."

단순히 실형이 아니다.

탈세를 빌미로 세금을 추징하고 그에 따른 벌금을 내게 하면 사람 인생을 시궁창에 처박는 것은 어려운 일이 아니다.

몇 년 치 세금에 탈세에 대한 추징금까지 더하면, 사람은 말 그대로 나락으로 처박힌다.

국세청에서 작심하고 괴롭히려고 하면 몇 년간 수익의 90% 이상을 뜯어낼 수 있다.

인간이 돈을 안 쓰고 살 수는 없으니, 갑자기 그렇게 뜯어가면서 실형까지 선고되면 그 사람은 재기 불능에 빠져 버리는 것이다.

실제로 국세청장이 요구한 뇌물을 거부한 사업가 한 명이 그렇게 무너졌다.

200억대 재산이 있었지만 무너지는 데 채 1년도 걸리지 않았던 사건.

노형진은 그 사건을 기억하고 있었다.

"약자를 공격해서 가족을 쓰러트린다……."

물론 유찬성 의원이 피도 눈물도 없는 냉혈한이라면 이런 방법은 효과가 없을 것이다.

하지만 유찬성 의원은 아무리 정치적 경험이 많다고 해도 가족을 가지고 있는 일반적인 사람이다. 그러니 어떻게 해서든 도우려고 할 것이다.

"아무래도 만나 봐야 할 것 같네요."

"도움을 줄 수 있는 방법이 있을까?"

"찾아봐야지요."

이미 저들은 싸움을 걸어왔고, 피할 수는 없는 싸움이었다.

"그게 말이나 됩니까!"

유찬성은 화를 버럭버럭 냈다.

하지만 당에서 나온 사람들의 의견은 명확했다.

"여기서 걸리면 안 됩니다. 여기에 전화라도 한번 하면 당장 내일 기사가 나갈 겁니다."

가장 무서운 함정은 뭘까? 그건 알면서도 피할 수 없는 함정일 것이다.

그리고 지금이 딱 그런 상황이었다.

"사소한 전화 한 통이라도 하는 순간 내일 헤드라인은 유의원이 검찰에 정치적 압박을 넣었다는 소식이 될 겁니다."

"그러면 우리 처제는요!"

물론 정확하게 신고하지 않은 것이 잘못이기는 하다. 하지만 흔하게 벌어지는 일이다.

그리고 워낙 세금이 많아서, 세금을 내고 나면 남는 게 없는 것이 개인 사업자들의 현실이기도 했다.

그녀의 잘못이라고는 형부가 유명 정치인이라는 것뿐이었다.

"그것 때문에 그녀 가족의 인생이 파멸해야 한단 말입니까!"

유찬성은 속이 답답했다.

최재철이 위험한 놈인 것은 알고 있었지만 이런 식으로 나올 거라고는 생각하지 못했다.

"하지만 방법이 없지 않습니까?"

당에서도 이런 공격에 대해서는 딱히 대처할 방법이 없었다.

그들도 바보는 아니다. 최재철이 어떤 식으로 공격하는지 모를 리 없다.

법을 기반으로 하는 공격이다. 이쪽에서 저항할수록 점점 더 깊은 수렁에 빠지게 되어 있는 구조였다.

"이러니까 당 대표를 그냥 두자고 하지 않았습니까?"

유찬성은 이를 박박 갈았다.

그리고 그 말을 들은 다른 사람들은 눈을 찌푸렸다.

"왜 그 이야기가 나옵니까?"

"하지 않게 생겼습니까?"

전 당 대표는 진짜 칼 같은 사람이었다. 이런 공격에 눈도 깜짝하지 않았다.

사실 최재철이 그를 털어 내기 위해서 국정원까지 동원했음에도 티끌 하나 나오지 않았던 사람이다.

　문제는 그게 마음에 안 들어서 기존 세력이 그를 쫓아냈다는 것.

　"그분이 있었으면 이 꼴은 안 났잖습니까!"

　그랬다면 공격은 그에게 쏠렸을 가능성이 높다.

　"지난 일 가지고 왈가왈부하지 맙시다. 지금은 이 공격을 막을 방법을 생각해 봐야지요."

　"그러니까 방법을 이야기해 보세요!"

　"하나뿐입니다."

　바로 처제를 버리는 것.

　물론 그의 가정도 풍비박산이 나겠지만 최소한 야당 쪽에 피해가 오지는 않는다.

　"이런 개⋯⋯."

　유찬성이 분노에 눈이 뒤집히려고 하는 찰나였다.

　-유 의원님, 노형진 변호사가 찾아왔습니다.

　"노형진 변호사?"

　모두의 시선이 유찬성에게로 향했다.

　"변호사를 끼운 겁니까? 그래 봤자 불리한 건 이쪽입니다. 물론 변호사를 써서 형량을 줄일 수는 있겠지만⋯⋯."

　그는 더 이상 말하지 않았다.

　이미 결정된 의미 없는 짓이라는 것을 알고 있기 때문이다.

"부른 적 없는데요."

"그럼 나중에 찾아오라고 하세요."

유찬성은 코웃음을 쳤다.

"왜요?"

"아니, 우리가 있는데 그를 불러들이겠다는 겁니까?"

"아니요. 당신들을 내보내고 만날 겁니다."

"뭐요?"

다들 어이가 없는 표정이 되었다.

하지만 유찬성은 단호했다.

"그래서, 당신들과 이야기해서 방법이 나오던가요?"

"으음."

다들 침묵을 지켰다.

당의 의견을 듣고 찾아오기는 했지만 사실 방법이 없다고 다들 생각하고 있었다.

"이만 가 보시죠. 제가 아는 한 노형진 변호사는 구경 삼아 여기에 올 사람은 아니니까."

"그건……."

다들 불편한 얼굴이 되었다.

그러나 곧 한두 명씩 자리에서 일어났다.

자신들이 여기에 있어 봐야 도움이 안 되는 것도 있지만, 유찬성의 시선이 절대로 우호적이지 않았기 때문이다.

"섣불리 일 키우지 마세요."

그들이 마지막 경고를 하고 방을 나가자 노형진이 스윽 들어왔다.

"높은 분들이 왔네요?"

"지랄하고 자빠지는 놈들이지."

유찬성은 짜증스러운 표정으로 거칠게 넥타이를 풀었다.

넥타이가 마치 자신의 목을 조매는 포승줄 같았다.

"제발 자네가 방법을 찾았다고 말해 주게."

"어떻게 아십니까?"

"자네가 놀러 오거나 의뢰를 맡기라고 읍소하러 올 사람은 아니지 않나?"

노형진은 피식 웃었다.

틀린 말은 아니다. 이런 상황에서 섣불리 얼굴을 비치면 도리어 적대감만 키운다.

그러니 확실히 도움이 되는 것이 아니면 찾아오는 것은 의미가 없다.

"사모님은 어떻습니까?"

"울고불고 난리야. 하나뿐인 여동생이 감옥에 가게 생겼는데 멀쩡할 리 없지."

"그래요?"

"씨발, 이럴 줄 알았으면 차라리 크게 사업이라도 할 수 있게 해 주는 건데."

돈이라도 쌓아 뒀다면 억울하지라도 않을 것이다.

처제는 자신의 도움은 받지 않고 스스로 가족들과 함께 작은 가게를 하면서 살아갔다. 그런데 이제 와서 자신 때문에 감옥에 갈 상황이라니.

"이야기는 해 보셨습니까?"

"뭔 수로? 내가 조금이라도 관심을 보일라치면 내일부터 언론사가 수사 외압이라느니 하면서 물어뜯을 텐데."

그러면 자신의 정치적 생명은 끝이나 마찬가지다.

"멍청한 놈들. 한두 번 당한 게 아닌데도."

당에서도 이런 식으로 숱하게 당했으면서도 제대로 대응하지 못하고 있었다.

최재철에게 언론이 통제되고 있기 때문이다.

"나를 공격하는 거라면 정치 탄압이라고 해 보기라도 하지, 처제가 무슨 관련이 있나!"

"그렇지요. 그래서 정치 탄압이 될 수가 없는 거죠."

"그러니까 죽겠는 거야."

그는 얼굴을 부여잡았다. 그리고 한숨을 푹 쉬었다.

"의원님."

노형진은 고개를 스윽 숙였다.

"왜 그러나?"

"이번에 총 제대로 맞아 보실 생각 있습니까?"

"무슨 소리야?"

"처제분을, 아니 의원님과 국민들을 구할 수 있는 방법이 있습니다."

"뭐라고?"

고개를 번쩍 드는 유찬성.

"그런 방법이 있다고?"

"네. 하지만 이게 제대로 터지면 한두 명 다치는 걸로 안 끝날 겁니다."

"한두 명 다치는 걸로 안 끝날 거라니?"

"수십 명이 자살할 수도 있습니다."

유찬성은 눈을 찌푸렸다.

"그런 불법적인 방법을 써서까지 이 자리를 지키고 싶지는 않네. 내 적당히 더러운 인간인 건 인정하지만, 남의 목숨을 가지고 장난칠 정도로 뻔뻔하지는 않아."

노형진은 고개를 끄덕거렸다.

유찬성은 완벽하게 올바르지는 않지만 적정한 선은 아는 사람이다. 그렇기 때문에 이런 작전에 적합하다.

"압니다. 그래서 말씀드리는 겁니다. 만일 이게 실행된다면 수십 명이 죽을 수도 있고 기업이 망할 수도 있습니다. 하지만 그냥 두면 수천수만 명이 죽을 수도 있고, 더 많은 기업이 나중에 망할 수 있습니다."

"뭐라고? 그게 무슨 말인가?"

유찬성은 몸을 숙여서 노형진을 바라보았다.

그냥 두면 더 많은 사람이 피해를 볼 거라니?

"말씀드리기 전에 확실히 해야 합니다. 의원님은 사람들의 분노와 기업들의 적대감을 버틸 수 있으십니까?"

"음."

그냥 단순한 일이 아닐 거라는 생각에 유찬성은 한참 침묵을 지켰다.

그러다가 천천히 고개를 끄덕거렸다.

"만일 필요한 일이라면 그렇게 하도록 하지."

"그러면 말씀드리지요. 제가 하고자 하는 것은 다른 사건으로 이번 사건을 덮는 것입니다."

"뭐?"

유찬성은 눈을 찌푸렸다.

정부에서는 관련 프로토콜까지 있을 정도로 많이 쓰는 방법이다.

자신만 해도 뜬금없는 연예인 사건이 터지면 일단 정치적으로 뭔가 진행되고 있는지부터 확인한다.

"그게 될 거라 생각하나? 자네가 최재철에 대해서 모르는 것 같은데……."

"압니다. 아주 잘 알지요. 맨 처음 의원님을 찾아온 건 저였습니다. 안 그렇습니까?"

"으음."

그랬다. 그러니 노형진이 최재철의 위험성을 모를 리 없다.

이미 언론이 그의 손아귀에 떨어졌다는 사실도 말이다.

"최재철이 이 사건을 터트리려고 작심하고 있네. 이걸 덮을 정도로 큰 건이 있어야 하는데, 그런 게 있다는 건가?"

"네, 있습니다."

언론에 뉴스가 올라가는 것이 중요한 게 아니다. 사람들이 그 뉴스에 관심을 가져야 한다.

그리고 최재철은 그렇게 할 수 있다.

그걸 막는 것은 단 하나.

국민들이 최재철이 던진 떡밥을 무시할 정도로 큰 건수에 관심을 가지는 것뿐이다.

"기업의 미움을 받을 수도 있다고 했으니 연예인은 아닐 테고."

어쭙잖은 연예인의 스캔들은 터트려 봐야 최재철이 묻어버릴 것이 뻔하다. 더군다나 연예인의 스캔들로 수십 명이 자살할 리 없다.

"그게 뭔가?"

"아파트입니다."

"아파트?"

노형진의 말에 유찬성은 어리둥절했다.

현 정권의 부동산 정책이 실패하고 있다고는 하지만, 그렇다고 해서 자신이 그 아파트 정책을 지적한다고 바뀌는 것은 없다.

아니, 벌써 몇 번이나 지적했다. 효과는 없었지만.

"그게 무슨 중요한 건수라는 건가?"

"아파트가 중요한 게 아니라 그 내부가 중요하지요."

"내부라니? 뭐, 부실 공사라도 했다는 건가? 그 정도로 국민들이 관심을 가질까?"

노형진은 피식 웃었다.

'부실 공사는 애교지.'

부실 공사는 이번 사건에 비교하면 차라리 애교에 가깝다. 최소한 부실 공사는 책임의 소재가 명확하기 때문이다.

하지만 이건 그런 것도 아니다.

그렇다고 그냥 두기에는 피해가 엄청나다.

'한참 고민했는데 말이지.'

찾아와서 이야기를 꺼내는 순간 유찬성이 이번 일에 대한 해결책을 요구할 건 뻔한 일이었다. 그러나 이 일은 노형진이 봐도 마땅한 방법이 없었다.

그 와중에 생각난 것이 바로 성화와의 싸움과 회귀 전 어떤 남자의 블로그에서 봤던 이야기였다.

언론과 정부에 의해서 완벽하게 묻혀 버린, 그래서 수십 년간 수십만 명의 피해자를 양산해 냈던 사건.

정부에서는 너무 늦게 알아 버리는 바람에 그걸 인정하면 엄청난 수의 기업이 망하게 되어 있어서 어쩔 수 없이 은폐했던 것이지만……

'지금이라면 충격을 최소화할 수 있다.'

아직 시작된 지 얼마 안 된 상황이다. 그러니 기업에 갈 타격은 최소화할 수 있다.

그렇다곤 해도 기업에 피해가 갈 테니 그들은 총대를 멘 사람을 싫어하겠지만.

'쩝, 감사해도 부족할 판인데 말이지.'

하지만 기업이라는 게 눈앞의 이익에만 매달리는 곳이니 별수 없을 것이다.

"음."

생각보다 심각한 일이 되어 가는 듯하자 유찬성은 잠깐 고민했다.

하지만 이내 다시 고개를 끄덕거렸다. 처제의 문제가 아니라고 할지라도 이런 문제라면 자신이 나설 수밖에 없다.

"무슨 일인지 들어나 보세, 무조건 한다고 할 수는 없으니."

"요즘 신도시가 많이 생기고 있지 않습니까?"

"그렇지. 노가다 정부 아닌가?"

현 정권은 비정상적일 정도로 토목에 집착하고 있다.

그래서 사방에서 공사를 하고 있고, 그 때문에 노가다 정부 또는 공사판 정부라는 비아냥거림도 받고 있었다.

"그거야 뭐 하루 이틀 문제도 아니고."

"제가 아까도 말씀드렸다시피, 중요한 건 아파트가 아니라 그 내부입니다."

"내장재 말인가?"

"아니요. 말 그대로 내부죠."

"그게 무슨 말인지 모르겠군."

"후쿠시마 사태 기억하시죠?"

"내가 그걸 모르겠나?"

작년 초에 터진 일본 최악의 원전 사태.

그로 인해서 일본은 휘청거린다고 할 정도로 힘들어하고 있다.

발전소는 건드리지도 못하고 있는 데다가 해일로 쓸려 간 잡다한 쓰레기들을 모두 정리하기 위해서 엄청난 예산을 쏟아붓고 있었다.

"그게 우리와 무슨 관계란 말인가?"

"중요한 건 그들이 재건 작업을 하고 있다는 것이지요."

"그거야 다 아는 사실이고."

"네. 문제는 그 이후입니다. 재건을 하면 필연적으로 쓰레기가 나오지요."

"당연한 거 아닌가?"

"폐타이어나 슬레이트 같은 것부터 차량, 아니면 폐철요."

"그렇겠지."

"그게 중요합니다."

"이해하지 못하겠으니 좀 빨리 좀 말해. 내가 암 걸려 죽겠네."

"오! 역시 대단하십니다. 한 번에 핵심을 짚으시는군요."

유찬성은 무슨 장난을 하는 건가 하는 표정이 되었다.

"이번 작전의 키워드는 암입니다."

"암?"

"네. 우리나라의 폐자재 수입량이 작년부터 확 늘었습니다. 바로 일본이 재건 사업을 시작하고 나서부터이지요."

"응? 폐자재?"

"네. 혹시 한국에서 시멘트를 만들 때 어떻게 만드는지 아십니까?"

"아니, 잘 모르네만."

"한국은 시멘트를 만들 때 폐자재를 섞는 것을 인정합니다. 폐타이어나 기타 산업 쓰레기들을 분쇄해서 일정 비율 섞는 거지요."

"그래?"

"네. 그래서, 웃긴 일이지만 시멘트의 질은 중국보다 못하다는 말도 있더군요."

"그런데?"

"왜 작년부터 엄청난 양의 쓰레기가 한국으로 들어올까요?"

"그거야, 재건을 하다 보면 엄청난 양의 쓰레기가 발생하니까."

노형진은 고개를 끄덕거렸다.

그게 사실이다.

그런데 일본에서는 폐자재의 가격이 어마어마하게 싸진 상황이다. 자국 내에서 처리할 수준을 넘어갔기 때문이다.

그래서 한국에서 그걸 수입하는 거고.

"그러면 일본에서 지금 가장 힘들어하는 게 뭐지요?"

"뭐긴 뭔가? 당연히 방사능오염……."

순간 유찬성은 움찔했다.

아주 날카로운 것이 그의 머리를 찌른 것이다.

"맞습니다. 방사능오염이지요. 우리나라는 일본에서 폐자재를 수입합니다. 그리고 그걸 분쇄하여 시멘트에 넣지요. 고철도 마찬가지입니다. 일본에서 수입하는 고철의 가격이 터무니없이 싸더군요. 당연합니다. 일본에서 엄청난 양의 고철이 나오니까요. 해일에 휩쓸린 차만 해도 수십만 대는 될 테니, 뭐……."

"설마……."

"그리고 일본에서는 현재 방사능오염이 심각한 골칫덩어리입니다. 그래서 전 지역에서 오염된 물건을 수거하고 있지요. 그리고 그건 폐기물 취급이지요."

유찬성은 정신이 어찔한 느낌을 받았다.

이건 자신들은 생각도 못 한 최악의 사태였다.

"우리나라에는 그러한 폐기물을 대상으로 한 방사능 측정 등의 과정이 없습니다."

"이런 미친!"

"그리고 방사능은 열처리를 한다고 해서 사라지는 게 아니지요."

방사능은 어떤 식으로 처리하든 남아 있는다. 그래서 방사능 폐기물은 오로지 격리가 답이다.

"그러니까 그런 폐자재나 폐고철이 방사능에 오염되어 있다는 건가?"

"가능성은 충분하죠."

사실 충분한 정도가 아니다.

그 이후에 일부 지역에서 작업한 작업물에서 방사능이 검출되기도 했다.

그런데 일본은 이러한 문제를 해결한 능력이 되지 않아서 아예 방사능 측정을 하면 처벌하는 법을 만들어 두기까지 했다.

"일본에서 방사능에 오염된 고철을 이용해서 철근을 만들고 일반 산업용 폐기물로 만들어진 시멘트를 부어서 올린 아파트. 과연 그 방사능 수치가 얼마나 나올까요?"

모른다. 재 본 적이 없다.

'정부에서 필사적으로 막았지.'

사실 회귀 전에 몇몇 사람이 이런 의심을 했다.

하지만 정부는 필사적으로 관련 정보를 숨겼다. 지극히 합리적인 의심임에도 불구하고, 관련 정보는 공개하지 않았다.

이것이 삶이다

공개하는 순간 그걸 이용해서 아파트를 지어 올린 기업들이 망할 건 불 보듯 뻔한 일이기 때문이다.

'대롱 때는 고작 한 동이었지.'

성화에서 대롱에 엿을 먹이기 위해서 대롱건설에서 쓰는 자재에 방사능을 뿌린 적이 있었다.

그 당시에 고작 한 동이었음에도 불구하고 대롱은 적지 않은 타격을 입었다.

'하지만 몇 년간 이러한 정책은 계속된다.'

한 동 정도가 아니라 한 단지, 아니 한 개의 신도시 전부가 방사능에 오염되어 있을 수도 있다.

어떤 미친놈이 방사능에 오염된 신도시에 살려고 하겠는가?

'그게 드러나면 국가파산까지도 갈 수 있지.'

그래서 미래에는 정부가 알고 나서도 어떻게 손쓸 수가 없는 지경이었다.

'그러나 아직은 이르다.'

수입이 시작된 지 얼마 되지 않았고 당연히 피해 규모도 작다. 그러니 지금 막는다면 이 모든 걸 막을 수 있다.

그리고 멋모르고 그런 방사능 덩어리 아파트에서 살고 있는 사람들의 목숨도 구할 수 있다.

'앞으로 계속 암 발병률이 높아진다.'

정부에서는 원인 미상이라 했지만…….

'원인 미상은 개뿔.'

노형진이 그렇게 말하는 사이 유찬성은 얼굴이 창백하게
질린 채 손을 바들바들 떨고 있었다.

"서, 설마……."

"설마가 아니지요. 일본 놈들을 믿으십니까?"

"으음."

주변국들의 불만을 무시하고 방사능에 오염된 오염수를
바다에 뿌리고 있는 놈들이 일본 놈들이다.

그런 놈들이 한국을 위해서 쓰레기 수출을 그만둘까?

"어질어질하군."

유찬성은 노형진의 말이 이해가 갔다.

전 재산을 모아서 아파트를 산 사람들은 돈을 돌려받으려
고 할 테고, 재수 없으면 기업이 망할 수도 있다.

그렇게 되면 그 아파트를 산 사람 그리고 그 기업에 투자
한 사람은 전 재산을 날리는 셈이 되어 자살자가 숱하게 생
길 것이다.

기업도, 이게 공개되면 당연히 타격을 입을 수밖에 없으니
자신을 싫어할 것이다.

"하지만……."

그러나 그냥 두면 방사능 때문에 얼마나 많은 암 환자가
생길지, 얼마나 많은 백혈병 환자가 생겨 목숨을 잃게 될지
알 수가 없다.

"이 정도면 국민들이 자지러질 만한 일 아닙니까?"

"자지러지기만 하겠는가? 나라가 뒤집힐 걸세."

처제의 문제? 이건 애들 장난도 안 된다.

이게 터지는 순간 모든 언론은 이 문제에 달려들 것이다.

"끄응."

유찬성 의원은 머리를 부여잡았다.

"왜 그러나?"

"이건 당에서는 싫어할 걸세."

"압니다."

"안다고?"

"네."

만일 야당에서 동의하지 않는다면 아무리 최재철이라고 할지라도 은폐할 수 있는 수준의 일이 아니다.

방사능 아파트에 대한 조사와 철거, 그 폐기물의 처리, 그곳에서 암이나 백혈병에 걸린 사람에 대한 역학조사, 그리고 그 손해배상과 치료까지.

"야당이라고 기업들로부터 뇌물을 받지 않는 건 아니니까요."

"끄응."

"하지만 그로 인해서 더 많은 피해가 발생할 거라는 거, 모르시지는 않지 않습니까?"

"그렇지."

'병원에만 좋은 일 시킬 게 아니라면야.'

암 환자가 얼마나 기하급수적으로 늘었는지, 대형 병원들이 너도나도 암 병동을 따로 만들 정도였다.

"그리고 이번 사건으로 최재철의 힘을 상당히 뺄 수 있을 거라 생각합니다."

"응? 최재철의 힘을?"

"네. 지금 신도시를 가장 열성적으로 건설하고 있는 곳이 어디지요?"

"음, 여러 곳이지만……."

말을 하던 유찬성 의원은 한 기업의 이름을 떠올렸다.

공식적인 것은 아니지만 이번 정권이 들어선 후 엄청난 이득을 보는 곳.

규모에 비해서 더 큰 공사를 척척 받아 가는 곳.

신도시부터 강바닥까지, 모든 공사를 하는 곳.

"팔각수."

팔각수가 최재철의 비호를 받고 있다는 소문이 있다.

아니, 사실이다. 그들의 관계는 엄청나게 끈끈하다는 것을 알고 있다.

"그렇군."

현재 정부의 주요 공사를 따내고 있는 것은 팔각수다.

문제는 팔각수가 비호를 받아서 따낸 것이기 때문에, 덩치에 비해서 공사 규모가 너무 크다는 것.

"그게 문제가 된다면 팔각수에는 기사회생의 기회가 없을 수도 있겠군."

"그건 모르지요. 하지만 확실한 것은, 팔각수에 엄청난 타격이 갈 거라는 겁니다."

과연 최재철이 그런 상황에서 유찬성에게 신경을 쓸 수나 있을까?

"음."

노형진의 말에 유찬성은 한참 침묵을 지키면서 시간을 보냈다.

"하지 않으실 생각입니까?"

시간이 길어지자 노형진은 유찬성에게 물었다.

"하지 않을 수가 있나?"

대답은 짧았다.

하지 않을 수가 없다. 하지 않으면, 자신은 편할지 모르지만 나라가 뒤집힌다.

'아니, 편한 것도 아니지.'

최재철은 어차피 자신을 죽이기 위해서 달려들었다.

일단 달려든 이상, 그가 자신에게 신경을 끄든가 아니면 자신이 죽기 전까지는 끝나지 않을 것이다.

'방법은 하나뿐이군.'

유찬성은 고개를 끄덕거렸다.

"그 싸움, 내가 하도록 하지. 방사능 고철이라니."

유찬성은 일그러진 얼굴로 씹어뱉듯 말했다.

"이건 엿으로도 못 바꿔 먹어."

더 큰 건 더 큰 것으로 덮는다

"여기저기 변호사를 만나고 다닌다고 합니다."

"그렇겠지, 후후후. 하지만 과연 방법이 있을까?"

최재철은 희미하게 미소를 지었다.

안 그래도 유찬성이 급속도로 성장하고 있어서 문제가 많았다. 그냥 두면 자신에게 위협이 될 게 뻔한 일.

자라나는 새싹은 미리미리 밟아 둬야 안전하다고 그는 생각했다.

"어중이떠중이를 보내서 게임처럼 경험치나 올려 줄 생각은 없어."

한마디라도 하면 검찰에 대한 압력으로 간주되고, 그렇다고 아무 말도 하지 않으면 가정이 파탄 난다는 완벽한 함정.

"내부에서 나온 정보로는 새론도 그 안에 포함되어 있다고 하던데요."

"새론?"

"네."

"흠, 그건 좀 거슬리는군."

자신이 최근에 실패한 몇 번의 사건들 중 일부에는 새론이 끼어 있었다.

정상적인 절차였고, 다른 곳에서 받아 주지 않는 사건도 종종 받아 주는 새론의 특성상 이상할 것은 없지만⋯⋯.

'신경을 써야 하나?'

잠깐 생각하던 그는 머리를 흔들었다.

새론이 내부에서 수작을 부렸다는 증거는 아직 없다.

이번만 해도 유찬성이 만나고 있는 변호사는 새론뿐만이 아니다. 수십 명을 만나 해결책을 묻고 있다고 들었다.

"일단은 그냥 둬. 주의는 해야겠지만 아직 나한테 위협이 된다는 느낌은 없으니까."

"네."

"다만 당 내부에서 말이 나오는 건 조심해야 해. 야당 쪽에 심어 둔 의원들에게서는 무슨 말이 있나? 유찬성이 방법을 찾았다고 하던가?"

"그건 아닌 듯합니다."

최재철은 고개를 끄덕거렸다.

이런 방식으로 여러 정치인들을 날렸다. 하지만 누구도 제대로 저항하지 못했다.

"방법이 마땅치는 않을 거야."

정치는 누가 더 나쁜 놈이냐의 문제가 아니라 누가 더 잘 뒤집어씌우느냐의 문제다.

이쪽이 폭행에 마약을 하고 사기를 치고 다닌다고 하더라도 그걸 감추고 상대방에게 더러운 프레임을 씌우면 유리한 것은 자신들이다.

"경찰에 연락해서 수사를 더 빨리하라고 해요. 그리고 검찰에 이야기해서 구속영장을 청구하라고 하고."

"네, 위원장님."

비서는 그에게 고개를 90도로 숙이면서 말했다.

"유찬성, 주는 떡밥이나 먹고 떨어질 것이지 감히 나에게 대립각을 세운다 이거지? 후회할 거다, 후후후."

최재철은 유찬성을 어떻게 요리할까 고민하고 있었다.

⚖️

"당에 알리지 말라고?"

"네. 만일 알려지면 새어 나갈 가능성이 높습니다."

"음."

"전에 내부에 최재철의 세력이 있다고 말씀해 주신 건 유

의원님입니다."

"그건 그렇지."

유찬성은 고개를 끄덕거렸다.

알게 모르게 최재철이 보낸 사람이 있을 거라고 의심되는 사람들이 여럿이 있다.

그리고 지난번 진보 단체 사건에서 그건 확신이 되었다.

국회의원조차 정보원으로 심어 놨을 정도인데 당직자들 중에 몇 명이나 최재철의 프락치인지는 알 수가 없다.

"하지만 일을 크게 키우기 위해서는 당의 도움이 필요한데."

"정반대입니다. 이번에는 일을 키우고 당에 양보하는 전략을 써야 합니다."

"반대라고?"

"네. 현재 야당은 존재감이 너무 없어 문제가 많지 않습니까?"

"그건 그렇지."

유능한 사람들을 모조리 쫓아내고 무능한 놈들이 야당이랍시고 권력을 잡고 있으니 현 정권에 제대로 저항도 못 하고 번번이 당하기만 한다.

정부를 견제할 때는 견제하고 도와줄 때는 도와줘야 하는 것이 야당인데, 견제는커녕 도리어 여당에 꼬리 흔드는 멍멍이 역할을 하는 놈들만 있고 도움은 자신들은 있어도 그만,

없어도 그만이라는 수준이라 존재감이 드러나지 않는 상황.

"이번 기회를 이용하는 겁니다. 안 그래도 유찬성 의원님이 세력을 확장하는 걸 불만스럽게 생각하는 사람이 많으니까요."

"내가 발굴하고 그걸 당의 도움으로 발표해서 공적을 넘겨라?"

"네."

"음."

그건 확실히 좋은 방법이다.

그리고 그렇게 하면 당에도 자신에게도 도움이 된다.

"문제는 정보일세. 그냥 대립각을 세우면 되는 건가?"

노형진은 고개를 흔들었다.

이런 사건에서 중요한 것은 사람들에게 알려지는 것이다.

하지만 여전히 최재철에게 언론이 통째로 들어가 있는 이상 유찬성이 이야기한다고 해서 그게 터질 리 없었다.

'회귀 전에도 언론에서 이야기하지 않은 게 아니야.'

몇 년 후라고 하지만 회귀 전에도 몇몇 언론이 이야기하기는 했다.

하지만 그 이야기는 무시무시한 속도로 묻혀 버렸다.

정부의 압력, 기업의 로비, 그리고 아파트값의 폭락을 두려워한 주민들의 항의 등등 별별 이유로 말이다.

'지금이라고 다를까.'

지금이라고 해서 다를 바 없다.

지금 자신들이 말해 봐야 그냥 묻혀 버릴 뿐이다.

"일단은 사람들이 스스로 찾아서 정보를 얻을 수 있게 만들어야 합니다."

"찾아서 정보를 얻게 한다고?"

"관심을 끄는 게 중요한 거죠."

자신들이 아무리 떠들어 봐야 최재철은 철저하게 통제할 것이다.

하물며 현 정권은 일본과 상당히 친밀한, 친일 정권이라는 평을 받고 있다.

이야기한다고 한들 과연 기자들이 기사화시켜 줄까?

"그러면 어떻게 하란 말인가?"

"다행히도 지금 의원님은 전 언론의 관심을 끌고 계시지 않습니까?"

노형진은 씩 웃었다.

최재철은 눈에 불을 켜고 유찬성을 감시하라고 했다. 그러니 유찬성이 뭘 하든 어딜 가든 기자들이 따라붙을 것은 당연한 일.

"그러니 의원님이 적당히 그걸 이용하는 것이 어떨까요?"

"이용?"

"우리나라 국민들이 대부분 가지고 있는 감정이 뭘까요?"

유찬성은 고개를 갸웃했다.

"분노? 슬픔? 절망?"

"뭐, 그것도 틀린 말은 아니지만, 더 확실한 게 있지요."

"어떤 거 말인가?"

"반일 감정입니다, 후후후."

노형진은 이번에 반일 감정을 이용해 볼 생각이었다.

"자, 과연 그들이 어떻게 반응할지 두고 보지요."

⚖️

유찬성의 기습적 행동은 사람들의 관심을 끌었다.

기습적으로 일본 대사관에 가서 방사능 사태에 대한 항의
를 한 것이다.

'이때쯤이면 일본에서 자국 물품을 한국에 수출하려고 별
짓을 다 하지.'

방사능에 오염된 게 뻔하게 보이는 물건들은 어쩔 수 없지
만, 확인되지 않은 물건들을 한국에 수출하기 위해서 그들은
한국을 제소한다면서 거품을 물고 있었다.

국민들이 반대해서 정부도 차마 대놓고 수입하지는 못하
고 있지만 사실 사람들 모르게 조금씩 수출량이 늘어나기는
한다.

"당신들 말이야! 한국이 아직도 당신네들 속국 같아!"

일본 대사관은 당혹감을 감추지 못했다.

아무리 치외법권인 대사관이라고 해도 그 나라의 국회의원을 무시할 수는 없다.

거기에다 그가 기자들까지 우르르 끌고 왔다면 더더욱 말이다.

"그게 무슨 말씀이신지……?"

진땀을 흘리면서 대답을 회피하는 직원.

"이미 알고 있어! 일본의 방사능에 오염된 수산물과 과일, 공산품에 대한 수입을 늘리라고 요구했다면서!"

"그거야 정상적인 국가 간의 거래입니다."

"하? 정상적? 도대체 어떤 나라가 방사능 범벅인 물품의 수입을 허가하나!"

"해당 물품들은 안전기준 내의 것들입니다."

"다른 나라의 기준보다 열 배나 높은 당신네 안전기준 말이지?"

유찬성이 항의할 때마다 대사관 직원은 진땀을 흘렸다.

틀린 말은 아니니까.

대한민국 정부는 아직 관련 법이 없다.

다급하게 수산물 등에 대한 긴급 조사는 하고 있지만 공산품에 대해서는 검사 기준 자체가 없는 데다가 아예 검사 자체를 하지 않고 있다.

"당신네 대사를 만나야겠어."

유찬성 의원은 막무가내로 밀어붙였다.

물론 이런 경우 대부분은 거절당한다.

"대사님은 바쁘십니다."

약속도 잡지 않고 다짜고짜 가서 만나 달라고 하면, 아무리 한 나라의 국회의원이라고 하지만 만나 줄 리 없다.

"당신들, 정말 그럴 거야?"

"약속하고 오시면……."

"그러면 제대로 해명이라도 해 놔 봐! 왜 자꾸 당신네 나라의 방사능오염 조사 결과도 발표하지 않는 건데?"

"……."

좀 떨어진 곳에서 노형진은 그런 유찬성을 보면서 미소 지었다.

"아주 제대로 들이받아 버리시는데?"

"원래 탱커라잖냐."

"그렇기는 하지."

유찬성은 야당에서도 탱커 노릇을 한다. 그러니 들이받을 때는 과감하게 들이받아 버린다.

지금이 딱 그런 상황이고 말이다.

"그런데 진짜로 못 만나?"

"애초에 국회의원이랍시고 찾아온다고 무조건 만나 주면 다른 일 못 할걸. 국회의원들이 개나 소나 올 테니까."

"그런데 그걸 알면서도 왜 온 거야?"

손채림은 고개를 갸웃했다.

만나 주지 않을 거라는 걸 아는데 도대체 왜 온 걸까?

노형진은 손가락을 까딱거리면서 말했다.

"언론의 속성 때문에."

"언론의 속성?"

"기억나, 나 열애설 터졌을 때?"

"그때 아주 시끄러웠잖아."

"그때 언론사에서 나 잠적했다고 했잖아."

"아아."

노형진은 멀쩡하게 출근해서 일하고 있는데 언론에서는 그가 잠적했다고 대서특필했다.

내부에 기자들이 들어오지 못하니까 노형진의 모습을 확인하지 못했고, 그걸 가지고 그냥 잠적이라고 해 버린 것이다.

"기자들은 자극적인 소재를 좋아하지. 만일 자극적이지 않으면 자극적으로 만들고 말이야."

"그래서?"

"과연 오늘 뉴스가 뭐라고 나올까? 우리나라의 반일 감정을 모르는 바가 아닐 텐데?"

"아아, 알 것 같네. 약속을 안 잡은 게 문제가 아니다 이거지?"

"그래."

최재철의 명령도 중요하지만 한국이라는 나라의 핵심을

관통하는 반일 감정도 중요하다.

일본에 조금이라도 유리하게 글을 쓰면 가루가 되도록 까이는 것이 언론이다.

"아마도 언론은 일본 대사 접견 거절이라고 하겠네."

한두 번 본 짓거리가 아니니 손채림도 예상하는 게 어렵지 않았다.

노형진은 고개를 끄덕거렸다.

"맞아. 안 그래도 일본의 방사능 유출 때문에 한국에 불안감이 많아. 그런데 그에 대한 불만을 이야기하러 간 대한민국 정치인을 일본 대사가 접견 거부했다면?"

"사람들 분위기 살벌해지겠네."

안 그래도 대한민국의 반일 감정은 어마어마하게 심하다. 거기에다 방사능오염에 대한 걱정까지 있으니 당연히 두려울 수밖에 없다.

그런데 그 책임에 대해서 이야기하자고 자국의 정치인이 찾아갔는데 대사가 접견을 거부한다?

화가 안 날 리 없다.

"그런데 이런다고 해서 사람들이 관심을 가질까, 과연? 이런 말 하면 그렇지만, 한국 사람들은 자기가 직접 손해 보기 전에는 관심 없잖아."

"그건 그렇지."

각 나라마다 고질적인 문화적 결점이 있다.

중국의 경우에는 옆에서 사람이 죽어 나가거나 강간당하고 있어도 방관하는 것이 심각한 문제이며, 일본의 경우에는 민폐를 두려워해서 굶어 죽어도 도움을 요청하지 않을 정도의 고립된 문화가 문제다.

그리고 한국의 경우는, 자신에게 피해가 오지 않으면 어떤 문제를 해결하는 데 관심이 전혀 없다는 게 문제다.

실제로도 모 기업이 밀어내기로 서민들을 착취해 불매운동이 일어났지만, 정작 그 뒤에 그 기업에서 이벤트를 하자 매출이 엄청나게 늘었다고 하니까.

"그러면 피해를 주면 되는 거지."

"응? 피해? 무슨 피해?"

"말 그대로야. 피해를 주는 거지."

노형진은 씩 웃었다. 그리고 품에서 여권을 꺼내어 흔들었다.

"우리 여행 갈래?"

"뭐?"

갑작스러운 요청에 손채림은 얼굴이 붉어지더니 손가락을 꼼지락거렸다.

"아니, 일도 많고, 짐도 캐리어에 있기는 한데 아직 난 마음의 준비가……."

"어쩔 수 없어. 마음의 준비는 닥치면 하는 거야. 그리고 출장을 가는데 무슨 마음의 준비가 필요해?"

"출장?"

"그래, 해외 출장."

노형진은 능글거리면서 말했고 바로 손채림의 응징이 시작되었다.

"아악! 그만 꼬집어! 멍들어!"

해외여행, 아니 출장을 하는 이유는 조용히 처리할 일이 있기 때문이다.

첫 번째 출장지는 다름 아닌 러시아였다.

러시아는 한국과 가깝고 또한 양질의 한국 물품을 상당수 수입하는 대국이니까.

그리고 노형진과 손채림이 러시아에서 간 곳은 의외로 허름한 빌딩이었다.

그나마도 한 건물을 다 쓰는 것도 아니고 한 층만 쓰는 작은 규모의 신문사였다.

"계획은 알겠는데 너무 작지 않아?"

"상관있나?"

"하긴, 상관없네."

어깨를 으쓱한 노형진은 건물로 들어갔다.

안에 들어간 그들을 맞이한 것은 후덕한 덩치를 가진 러시아 여성이었다.

"무슨 일이신가요?"

"사장님을 뵈러 왔습니다."

"사장님을요?"

"약속을 했습니다만. 한국에서 온 노형진이라고 합니다."

통역은 노형진과 손채림의 말을 전해 줬고, 그 말을 들은 그녀는 반색하면서 일어났다.

"안 그래도 사장님이 기다리고 계십니다. 안으로 들어가시죠."

그녀의 안내를 받아 안으로 들어가자 반백의 얍삽하게 생긴 남자 한 명이 있었다.

"반갑습니다, 사장님. 노형진이라고 합니다."

"오, 반갑습니다. 모스크바 포스트의 알렉세이라고 합니다. 자, 자, 앉으시지요."

자리를 권한 그는 이런저런 이야기를 했다.

"날씨가 좋지요?"

"상당히 춥던데요."

"하하하, 한국분이시니 춥다고 할지 모르지만 오늘은 날씨가 제법 따뜻한 겁니다. 이 정도면 옷 벗고 뛰어도 될 것 같은데요."

"하하하."

노형진은 어색하게 웃었다.

실제로 농담이 아니라 여기를 오면서 딱 붙는 운동복 차림으로 뛰는 늘씬한 러시아 미녀들을 많이 봤기 때문이다.

물론 눈이 호강하는 대신에 다른 쪽이 고생했지만.

"짐승."

"아니, 내가 뭘. 원래 인간은 짐승의 한 종류야."

피식거리면서 말하는 노형진.

그리고 굳이 통역하지 않았는데도 눈치로 알아챈 알렉세이가 피식 웃었다.

"러시아에는 미녀가 많지요."

"네, 많더군요, 하하하."

"그나저나 소식은 들었습니다. 우리와 번역 계약을 하고 싶으시다고요?"

"그렇습니다. 우리 한국의 코리아 타임라인에는 해외 뉴스를 번역해서 올리는 난이 따로 있습니다. 국내에서 생산된 뉴스뿐 아니라 해외에서 생산된 뉴스를 소개해서 국제적 감각을 키우고 세계화를 원활하게 추진하기 위해서 시행하는 거지요. 귀사와 그러한 계약을 체결하고 싶습니다."

사실 어려운 일도 아니고 다른 사람을 보내도 되는 일이다.

언론사 한 곳과만 계약해서 하는 게 아니니까.

오늘만 해도 이들 말고도 신문사 두 곳을 더 찾아가야 한다.

"그거야 어려운 일이 아닙니다만……."

자신들은 기사를 제공하고 코리아 타임라인 역시 기사를 제공한다.

공평한 계약이다.

아니, 어떻게 보면 자신들이 유리하다.

왜냐하면 러시아에서도 한류가 불어오고 있으니, 다른 곳보다 더 빠르고 더 신속하게 한류를 전할 수 있다면 판매량에 상당한 도움이 될 것이기 때문이다.

"하지만……."

그는 잠깐 고민하다가 옆에 있는 통역을 바라보았다.

알렉세이는 눈치가 빠른 사람이다.

푸틴이 인기가 있기는 하지만 철권통치를 하는 사람이고 그의 눈 밖에 나는 것은 원하지 않으니 눈치가 빨라질 수밖에 없었다.

"걱정 마세요. 우리 사람입니다."

노형진은 그가 무슨 걱정을 하는지 알고는 고개를 끄덕거렸다.

"우리는 작은 회사입니다."

"압니다."

작다? 작다고 표현하기도 사실 그렇다.

이름이야 모스크바 포스트라고 번듯하지만, 엄밀하게 말하면 길거리 지라시나 가십 잡지 수준에 지나지 않는다.

그래서 온갖 소문이 다 올라오는 곳이기도 하다.

물론 그중 진실도 있기는 하지만 말도 안 되는 헛소문도 있기 마련이다.

"그런데 우리를 선택한 이유가 뭡니까?"

"우리는 여기뿐만이 아니라 다른 곳과도 계약할 겁니다만."

"그건 압니다. 사실 그런 건 독점이 말이 안 되겠지요. 그렇다고 해도 우리들은 규모가 너무 작은 곳인데요."

알고 있다.

그리고 정치적 소신? 그런 것도 없다.

하지만 아이러니하게도, 그렇기 때문에 노형진에게 절대적으로 필요한 곳이었다.

다른 언론도 조작질을 하는데 자기라고 하지 말라는 법은 없지 않은가?

"그래서 온 겁니다. 원하는 뉴스를 올려 주실 테니까요."

"원하는 뉴스?"

"네."

"그게 무슨 말씀이시지요?"

"가끔은 외부에서 보는 시선이 내부에서 보는 시선보다 중요할 때가 있거든요."

알렉세이는 고개를 끄덕거렸다.

아무리 쓰레기 같은 신문사를 운영한다고 해도 언론인인

이상 그런 것을 모를 수는 없다.

아니, 규모가 작기 때문에 더 잘 느낄 수밖에 없는 것.

그건 인간은 외부의 시선에 예민하다는 것이다.

"내부에 말을 전하고 싶은 모양이군요."

"네."

내부에서 아무리 외쳐 봐야 아무런 효과도 없는 말이 되어 버리는 것이 종종 있다.

하지만 그 말을 외부에서 한다면?

다른 곳의 눈치를 보는 인간의 특성상 예민하게 받아들인다.

"우리는 번역할 뿐이지요."

노형진은 싱긋 웃었다.

그리고 알렉세이는 노형진이 뭘 노리는지 알아차렸다. 물론…….

'우리야 상관없지.'

어차피 자신들과는 상관없는 일이다.

적절한 뉴스를 받는 것만으로도 자신들의 판매량은 늘어날 것이니 손해 볼 것은 없다.

"그렇군요. 외부의 시선이라…….

외부의 시선?

그 노릇을 해 주는 거야 조금도 어려운 일이 아니다.

"그래서, 어떤 시선이 필요하십니까?"

노형진은 씨익 미소를 지었다.

⚖

러시아, 한국산 물품에 대한 수입제한 검토 예정

방사성 공산품이 한국을 통해서 러시아로 수입된다고 밝혀

중국 정부, 한국산 화장품의 재료 수입원을 일본으로 알고 있다
며 원재료에 대한 검사 및 방사능 안전성 검사 예정

미국 시민들, 한국을 통한 일본의 우회 수출에 심각한 우려 표명

"끝내주네."

동시에 터져 나오는 기사들.

모두 코리아 타임라인에서 번역한 각국의 기사들이다.

그동안 남의 일 구경하듯이 바라보던 기업과 정부 그리고
국민들은 그야말로 난리 법석이었다.

"그걸 말한 곳이 어디인지 확인도 하지 않는구나."

"언론사나 기자들이 그렇게 부지런했으면 애초에 우리나
라 언론이 최재철 손아귀에 떨어지지도 않았겠지."

"팩트 폭력이네, 그냥."

타임라인이 번역해서 올린 기사의 주요 내용은 일본 물건
이 한국을 통해서 국적 세탁 후 수입되는 것을 우려하고 있
다는 식이었다.

다른 언론에서는 그걸 보고 속칭 '우라까이'라고 하는 퍼나르기를 시작한 것이다.

그리고 예정된 확대 재생산.

순식간에 사회적으로 한국 정부가 일본의 물건을 통제하지 못하여 한국에서 국적 세탁 후 다른 나라로 보내는 듯한 상황이 되어 버렸다.

"그런데 진짜로 우리나라에 영향을 안 줄까?"

노형진은 코웃음을 쳤다.

"줄 리가 있냐. 애초에 우리가 포섭한 곳 중에 멀쩡한 곳이 어디 있는데?"

"하긴."

공식적으로는 기사 번역 협약을 맺기 위해서 돌아다닌 것이지만 겸사겸사 이러한 기사를 부탁하러 간 것이었다.

그들은 손해는커녕 이득만 보니 간단하게 올려 줬고, 코리아 타임라인은 그걸 묶어서 특집 번역판으로 때려 버린 것이다.

그리고 그 떡밥을 문 언론은 너도나도 물어뜯기 시작했고.

"그나저나 생각보다 쉽게 속네."

"원래 거짓말도 세 사람이 하면 진실이 되는 거야."

장안에 호랑이가 나타났다는 말을 한 명이 하면 거짓말로 들리지만 두 명이 하면 긴가민가하게 되고, 세 명이 말하면 진실이 된다고 했다.

하물며 같은 나라도 아니고 러시아와 중국 그리고 미국의 각기 다른 언론사에서 비슷한 논조로 말하니 다들 껌뻑 넘어 간 것.

"애초에 이름만 그럴듯하면 우리나라 언론사들이 그다지 검증하는 것도 아니고."

세 곳 다 속칭 카더라 통신이라고 하는 곳들이니 현지에서 도 믿을 가능성은 낮다.

게다가 애초부터 모조리 익명의 소식통이라고 하고 있으 니.

"우리나라 언론이 이런 말장난에 한두 번 당한 줄 알아?"

가십을 가지고 물어뜯어서 일을 그르치는 것은 그들의 종 특 같은 것인지도 모르겠지만 말이다.

가령 푸틴의 딸이 한국인을 사귈 때 언론에서는 푸틴의 사 윗감이니 어쩌니 하면서 설레발을 쳤고, 그것이 바로 두 사 람이 헤어지는 원인이 되었다.

그냥 조용히 뒀으면 어쩌면 한국인 사위를 얻은 푸틴이 지 한파가 될 수도 있었는데 말이다.

"이건 뭐, 머리 꼭대기에 앉아 있네."

"후후후."

노형진은 피식 웃었다.

"머리 꼭대기에 있다기보다는 너무 뻔한 거지."

안 그래도 일본이 유찬성을 만나는 것을 거부해서 사람들이 마음에 안 들어 하고 있었는데, 일본 때문에 한국의 수출에 영향이 올 거라는 뉴스가 나오자 더욱더 관심을 가지기 시작했다.

정확히는 분노했다고 표현하는 것이 맞을 것이다.

"자, 그러면 우리가 떡밥을 던졌으니 물었는지 보자고, 후후후."

"정부에서는 뭐라고 합니까?"

"각 대사관에 문의 중인데 그런 계획은 없다고…….''

"끄응, 그런데 왜 이런 말이 나와요?"

"아무래도 가능성이 없는 건 아니니 내부에서 우려를 표명한 수준이라고 합니다."

최재철은 머리가 지끈거렸다.

대통령은 기겁해서 도대체 어떻게 된 거냐고 전화해 왔고, 최재철은 생각지도 못한 해외의 발표에 당황할 수밖에 없었다.

"개인적 의견이라…….''

최재철의 입장에서는 이게 참 곤란한 말이다.

개인적 의견이라는 것에는 두 가지 가능성이 있다.

진짜로 개인적 의견으로 끝나 버리는 경우와, 그들이 실제로 뭔가를 하고 있지만 아직 공개되어서는 안 되는 상황이라 개인적 의견으로 치부해서 숨기는 경우.

'전자라면 다행이지만…….'

후자라면 수출에 목을 매는 한국의 입장에서는 치명적일 수도 있는 일이다.

그리고 마냥 아니라고 할 수도 없는 게, 일본에서 수많은 정밀 부품과 원재료가 한국에 수출되고 있고 그걸 이용해서 물건을 만들어 파는 기업도 있다.

"일단은 확정되지 않은 뉴스라고 홍보해요."

"알겠습니다, 위원장님."

"각 언론사에 연락해서 확실하지 않은 소식은 섣불리 이야기하지 말라고 하고."

"끄응."

아무리 최재철 본인의 권력이 중요하다고 해도 그 권력의 기반은 국가다. 국가가 휘청거리면 아무래도 그의 권력도 휘청거릴 수밖에 없다.

"설마…….”

최재철은 문득 얼마 전에 일본 대사관으로 가서 행패를 부린 유찬성이 생각났다.

그가 이번 일에 관련이 있을까?

그러나 최재철은 이내 머리를 흔들었다.

"그럴 리 없지."

딱히 낌새도 없었고, 그럴 이유도 없다.

그가 일본 대사관에 가서 행패를 부려서 그들의 항의를 받기는 했지만, 대다수가 그럴 수밖에 없다고 인정할 정도로 일본은 관련 정보를 주변 국가에 알려 주지 않는다.

자국 내 방사능 수치조차 공개하지 않는 판국이니 유찬성 같은 다혈질이라면 충분히 가서 깽판 칠 만하다.

"자기 처제는 상관없다 이건가?"

의외는 그것이었다.

처제가 위험한 걸 빤히 알면서도 일본을 대상으로 싸움을 걸다니.

"뭐, 무슨 선택을 하든 그는 벗어나지 못하지."

최재철은 그렇게 생각하면서 유찬성의 문제를 바깥으로 돌려놨다.

중요한 것은 현 상황이었다.

"일단 유찬성 이놈부터 무너트리고 나면 나머지는 자연스럽게 풀릴 테니까."

⚖

같은 시각, 미국에서는 손채림이 다른 사람들을 만나고 있었다.

노형진이 손채림과 같이 다른 나라에 간 것은 그녀가 해야 하는 일이 따로 있기 때문이다.

"한국에서 미국으로 수입해 오는 공산품에 대해서 조사해 주었으면 좋겠다고요?"

"네."

"하지만 그럴 계획이 없는데요."

"실험실은 충분하지 않나요?"

"그렇기는 한데……."

미국과 유럽은 한국과 다르게 소비자 운동을 하는 단체들이 많다. 그리고 그들은 한국과 달리 규모가 크다.

하지만 그렇다고 해도 한계가 있다.

"우리가 조사하고 싶다고 해도, 예산에 한계가 있답니다."

한국과 외국의 다른 점. 그건 실험 대상에 있다.

한국의 경우 소비자단체가 약소해서 실험을 위해 기업에 물품을 요청하는 경우가 적지 않다.

그에 반해 해외의 소비자단체들은 물품을 요청하지 않고 자체 예산으로 산다.

물품을 요청하면 공정하지 않은 결과가 나올 수도 있기 때문이다.

'자동차 회사 사건도 그렇고.'

노형진이 손채림에게 말해 준 것이 있었다.

바로 시승용 차량 사건.

모 자동차 회사에서 기자들에게 시승 행사를 하기로 했는데, 일정에 오류가 있었는지 기자들이 현장에 갔다가 시승용 차량이라고 딱 붙어 있는 차량을 발견한 사건이었다.

그러니까 애초에 제작 과정부터 따로 관리했던 것이다.

시승용이 이 지경이니 실험용 물품 청구를 받았을 때라면 더 생각해 볼 것도 없다. 그 실험 결과가 엉터리일 것은 당연한 일.

"그 부분은 우리가 도와 드릴 수 있습니다."

"도와주신다고요?"

"네. 모든 물품은 우리가 구입해 드립니다."

"네?"

당황하는 당직자.

한 종도 아니고, 실험 대상을 선정하기 시작하면 수십 종이 될 테고 각 브랜드마다 하게 되면 수백 종이 될 수도 있다.

그러자면 못해도 수억에서 수십억의 예산이 들어갈지도 모른다.

"그걸 다 내주신다고요?"

"네."

"으음."

당직자는 약간은 곤혹스러운 얼굴이 되었다.

그럴 수밖에 없는 게, 너무나 좋은 조건이기 때문이다.

물건을 주는 것도 아니고, 물건을 선택하면 자신들이 결제만 한다고 하니까 공정성은 의심할 나위도 없다.

"도대체 왜요? 그럴 이유가 없어 보이는데요?"

"사실은 얼마 전에 생각지도 못한 뉴스가 나왔습니다."

노형진이 만들어 낸 뉴스지만 상관없다. 일단은 목적을 완수하는 게 우선이다.

손채림은 그 뉴스에 대해서 자세하게 설명해 줬다.

이야기를 모두 들은 당직자는 납득이 되는지 고개를 끄덕거렸다.

"그쪽에서 우려할 만한 상황이군요."

"네. 우리가 조사해서 방사능과 관련이 없다는 소식을 전한다면 편하기는 하지만 사람들이 믿을 가능성은 그다지 높지 않거든요."

당직자는 고개를 끄덕거렸다.

세상에서 가장 멍청한 것이 당사자가 내놓은 실험 결과를 믿는 것이다.

"그러니 우리가 검사해 달라 이거군요."

"양심적으로 하실 테니까요."

"그렇지요. 그리고 우리도 어쩌면 해야 할지도 모르겠군요."

이들의 최대 목적은 자국민의 안전이다.

그냥 헛소문이라고는 하지만, 그런 우려가 나온 이상 안전을 위해서라도 테스트해 보는 것도 나쁘지는 않다.

"하지만 테스트는 오래 걸릴 겁니다. 수량이 적은 것도 아닌 데다 수많은 종류에 대해서 다 하자고 하신다면 몇 달은 걸릴 거예요."

"아, 걱정하지 마세요. 그 부분은 우리도 감안하고 있으니까요."

손채림은 씩 웃었다.

시간 따위는 상관없다. 중요한 것은 바로 검사한다는 것.

"그러면 쇼핑하러 가 보실까요, 호호호."

손채림은 주머니에서 노형진의 카드를 마법처럼 척, 꺼내 들었다.

⚖

"뭐라고?"

얼마 후 코리아 타임라인 단독으로 엄청난 소식이 전해졌다.

미국과 유럽 사회단체들이 한국산 수입품 전 품목에 대한 방사능 검사에 들어갔다는 소식이었다.

"이거 이거, 우리나라 망하는 거 아냐?"

"설마!"

"설마가 아니야. 그쪽에서도 뭔가 걸리는 게 있으니 수억씩 들여서 검사하겠지. 안 그래?"

이것이 법이다

"끄응."

"아, 큰일이네. 어쩌지?"

"그래도 정부에서는 괜찮다고 하잖아."

그때, 그들 뒤에 있던 한 남자가 스윽 끼어들면서 비웃음을 날렸다.

"그 말 나왔을 때 멀쩡한 때가 있었나?"

"아, 김 부장님. 무슨 말씀이세요?"

"IMF 터지기 전에도 정부는 괜찮다고, 멀쩡하다고 했어. 6.25가 터지기 전에도 정부에서는 멀쩡하다고 했고. 우리나라에서 뭔 일이 터질 때마다 정부가 한 말이 그거야. 우리는 괜찮다, 안전하다, 그러니 안심하시고 생업에 종사하라."

이야기하던 두 사람은 입을 다물었다.

그들의 인생이 부장보다 짧기는 하지만 그게 현실이라는 것을 충분히 알 정도는 되기 때문이다.

"물론 다행히 안전할 수도 있지. 하지만 그쪽에서도 의심되니까 검사하는 게 당연하잖나."

"그건 그런데……."

"세상에 정치인만큼 못 믿을 놈도 없는 법이다."

그렇게 말하면서 커피를 뽑는 부장을 보면서 두 사람은 아무런 말도 하지 못했다.

"나 같으면 주식 판다."

두 사람은 서로를 바라보면서 슬며시 그곳을 빠져나갔다.

그리고 서둘러 어디론가 전화하기 시작했다.

"아, 저기, 주식을 팔려고 하는데요……."

대한민국은 불안감으로 가득했다.

사람들은 다 오해 아니냐, 괜찮을 거라는 이야기를 하면서도, 어찌 되었건 각 나라에서 대한민국을 노리고 있다는 느낌으로 인한 술렁거림은 지우지 못했다.

물론 각 정부는 그럴 일은 없다고 말했으나 믿는 사람들은 별로 없었다.

"이쯤이면 사람들의 관심이 이쪽으로 쏠린 것 같지?"

일본의 방사능 유출로 인한 대한민국의 피해.

"네, 충분히요."

노형진은 유찬성의 물음에 고개를 끄덕거렸다.

충분하다 못해서 넘칠 정도였다.

"이제 슬슬 팔각수에 한 방 먹이는 게 좋을 것 같네요."

"팔각수라……. 팔각수가 넘어가면 최재철은 눈이 뒤집힐 텐데."

"그렇겠지요."

사실 팔각수가 넘어간다고 해서 최재철이 재산적 피해를 입는 것은 아니다.

하지만 팔각수는 최재철과 공범이다.

그들은 최재철을 밀어주면서 성장했고, 그 덕분에 최재철이 권력의 핵심에 들어갈 수 있었다.

"넘어가게 된다면 어떻게든 살기 위해서 팔각수는 최재철을 쥐고 흔들 겁니다."

아무리 최재철이 능력이 좋고 권력을 가지고 있다고 해도, 그 상황에서 유찬성과 야당을 건드릴 수는 없다.

"관심은 이제 충분하다 해도, 팔각수에 한 방 먹이는 건 어떻게 할 건가?"

정작 이 관심을 팔각수로 넘기기가 어려운 상황.

노형진은 작은 노란색 장비를 꺼내 들었다.

"바로 이겁니다. 휴대용 방사능 측정 장비지요. 이걸 들고 돌아다니면서 측정할 겁니다."

"측정?"

"네. 과연 국내에서 방사능이 측정되었을 때 사람들의 반응이 어떨지 참 궁금하네요, 후후후."

뇌에 방사능을 쐤나?

따다다닥.

기계는 요란한 수치를 내면서 튀기 시작했다.

그리고 그걸 본 기자들과 주민들은 얼굴이 사색이 되었다.

"보십시오. 이거 보이십니까? 방사능 수치가 무려 안전치의 열 배입니다, 열 배! 방사능 아스팔트가 다른 곳도 아니고 애들 학교 앞에 깔려 있습니다. 이런데 뭐요? 대한민국이 방사능 안전지대라고요? 방사능은 한국으로 안 들어온다고요?"

유찬성은 목소리를 높여서 사람들에게 외쳤다.

때마침 아이들을 데리러 왔던 부모들이 그 목소리에 이끌려서 그에게 모여들었다.

"멀쩡한 길바닥에서 기준치의 열 배가 넘는 방사능 수치가 나오고 있습니다. 그런데 정부는 안전하다는 소리만 하고 있습니다. 여러분은 믿을 수 있습니까? 네?"

생각지도 못한 사태에 기자들은 서둘러서 기사를 송고하기 시작했고, 주변에 있던 주민들은 주춤주춤 뒤로 물러났다.

몇몇 부모들은 얼굴이 사색이 되어서 학교로 뛰어갔다. 아직 아이가 학교에 있을 시간이었다.

"이곳이 방사능으로 오염되어 있다면 다른 지역은 어떨까요? 전국에서 이곳만 그런 걸까요? 전 정부의 말을 못 믿겠습니다!"

열변을 토하는 유찬성.

그동안 말로만 듣던 방사능이 실제로 발견된 것이라 다들 깜짝 놀랄 수밖에 없었다.

그 모습을 지켜보던 손채림이 노형진을 쿡 찌르며 물었다.

"어떻게 안 거야?"

"뭘?"

"여기가 방사능으로 오염된 거 말이야."

"그냥. 우연히 들은 거야."

물론 우연은 아니다. 원래도 얼마 후에 발견되는 곳이니까.

몇몇 사람들이 위험성을 생각해서 방사능측정기를 구입하여 들고 다녔는데, 그때 이곳이 발견되었다.

물론 정확한 위치는 기억하지 못해서 사람을 풀어서 찾아야 했지만, 그 존재를 증명한 것만으로도 사람들에게 충격을 주기에는 충분했다.

"그리고 이걸 통해서 자연스럽게 연상시키는 거지."

노형진이 그렇게 말하는 사이, 유찬성은 노형진의 말대로 움직이기 시작했다.

"이 재료들이 어디서 왔는지, 그리고 어떤 경로로 한국에 들어왔는지는 모릅니다! 하지만 그것들을 찾기 위해서는 여러분의 도움이 필요합니다! 여러분이 자신의 고장을, 집을, 회사를 찾아 주셔야 합니다!"

유찬성은 열변을 토하고 있었다.

"전 여러분을 위해서 토대가 되겠습니다! 정부를 믿지 마십시오! 여러분은 여러분의 가족을 믿으십시오!"

그렇게 외치는 그를 보던 노형진은 문득 느껴지는 진동에 핸드폰을 꺼내 들었다.

─완성되었습니다.

노형진은 빙긋 웃었다.

거대한 뒤집기 한판

노형진이 만든 것은 앱이었다.

'대한민국 방사능 지도'라는 앱.

국민들이 자신의 집이나 회사 근처의 방사능 수치를 측정해서 올릴 수 있는 앱이었다.

'최근에 핸드폰을 이용한 방사능 측정 장비의 판매량이 급증했지.'

물론 전문 장비만큼 정밀할 수야 없지만 국민들은 너도나도 그걸 사서 들고 다녔다.

그만큼 불안했고, 일부 수산물에서도 방사능이 나왔다는 소문이 돌아서였다.

전에는 자기만 알거나 카페에 올리는 수준이었다.

그러나 누구나 수치를 공개할 수 있는 앱이 생기자 이야기가 달라졌다. 체계적으로 전국적인 감시망이 완성되고 있었던 것이다.

하지만 노형진은 그것만 노리고 그 앱을 만든 게 아니었다.

"어떤가요?"

"확실히 높네요."

고문학은 상당히 떨떠름한 표정이었다.

그럴 수밖에 없는 게, 노형진이 장비를 동원해서 측정하라고 한 곳에 갔다 왔으니까.

방사능 수치가 높다는 것은 방사능에 심각하게 노출되었다는 뜻이다.

"불안하시면 요오드 알약을 드세요."

"먹기는 했습니다. 그래도 불안한 건 어쩔 수 없네요."

"얼마나 높던가요?"

"그나마 덜한 곳도 스무 배, 높은 곳은 마흔 배가 넘더군요."

"생각보다 심각하군요."

"심각? 이건 심각한 정도가 아닐세. 나라가 뒤집힐 일이야."

모든 사람들이 다 돌아다니면서 측정한다고 하지만 그건 어디까지나 그들의 주변에 국한된 이야기다.

그러나 노형진과 유찬성이 노리는 것은, 이러한 감시 시스템 구축도 물론 있지만 최재철에게 한 방 먹이려는 것도 있었다.

"역시나."

"싸니까요."

노형진이 집중적으로 살핀 곳은 다름 아닌 팔각수가 공사한 현장이었다.

그들은 신도시 건설에 참여했다. 그리고 그 신도시 건설 현장에는 엄청난 양의 시멘트와 철근이 들어갔다.

바로 그 철근을 만드는 데 쓰인 것은 다름 아닌 폐철.

"그런데 말이야, 당장 어떻게 해야 하지 않을까?"

"응?"

뒤에서 듣고 있던 손채림이 걱정스러운 표정으로 말했다.

"왜?"

"아니, 그런 아파트에 사는 것도 심각한 문제이기는 하지만, 그 아파트를 만드는 사람도 심각한 거 아냐?"

노형진은 움찔했다.

방사능의 농도에 따라 달라진다고 하지만 신도시 건설 급의 공사는 몇 달 만에 끝나는 것이 아니다.

1년, 2년, 3년, 길게는 5년까지 계속된다.

"거기서 일하는 사람들은 뭔 죄야?"

거기서 사는 사람들은 그저 거기서 나오는 방사능에 영향을 받는다고 하지만, 그곳에서 일하는 사람은 최악의 경우 방사능 분진을 마시고 있는 셈이 된다.

그 말을 들은 송정한은 사색이 되었다.

"우리가 그걸 생각하지 못했구먼. 도대체 이 공사에 몇 명이나 동원된 거지?"

"글쎄요. 못해도 몇만이겠지요."

신도시를 만들고 있으니 그곳에서 일하는 사람들이 적지 않을 것이다.

그리고 대부분의 경우 그들은 가난한 일용직이다.

암이나 백혈병에 걸리면 제대로 된 치료를 받기는커녕 그냥 죽어야 하는.

'젠장, 내가 실수했다.'

아파트가 다 지어지고 난 후 들어가는 사람들만 생각했다. 그래서 이제 막 일본의 폐자재가 들어오고 있다는 점을 생각해서 아직은 시간이 있을 거라 여겼다.

하지만 정작 그 재료를 가지고 일하는 사람들은?

그들은 가족을 먹여 살리기 위해서 노력한 죄밖에 없다.

그런데 그들은 몇 년 동안 방사능에 노출되어 제대로 지원도 못 받고 죽을 것이다.

"서두르죠. 생각보다 상황이 급해졌습니다."

노형진은 주저하지 않고 자리에서 일어났다.

"어서 가세. 유 의원님도 이 부분은 생각하지 못할 거야."

자신이 해 준 말이 있으니 입주민들만 생각하고 있을 것이다.

하지만 어떻게 보면 입주하는 사람들보다 더 많은 사람이 투입되는 것이 바로 건설 현장이다.

노형진은 그 숫자를 생각하고는 앞이 캄캄해졌다.

"빨리 가죠."

그들은 늦은 밤임에도 불구하고 서둘러 사무실을 나오면서 유찬성에게 전화를 걸 수밖에 없었다.

⚖️

"음."

늦은 밤, 유찬성 의원은 노형진의 다급한 연락을 받고 다시 사무실에 나올 수밖에 없었다.

그리고 설명을 들으면서 자신도 미처 생각하지 못한 부분이었다는 걸 인정할 수밖에 없었다.

"원래 계획은 일단 완공된 후에 터트리는 것이었는데, 그렇게 둘 수가 없겠군요."

"당연하지."

완공되고 난 후에 터트리면 팔각수는 치명적인 타격을 입을 수밖에 없다.

그러면 몰락하는 팔각수는 최재철을 쥐고 흔들려고 할 테니 팔각수와 함께 최재철이 무너질 가능성이 커진다.

"하지만 지금은 아니겠군."

"압니다. 아쉬우시겠지요. 하지만 사람 목숨이 우선입니다."

"아쉽냐고? 아니라고 하면 거짓말이겠지. 하지만 난 사람 목숨을 파리 목숨으로 보는 그런 놈은 아닐세."

유찬성은 고개를 끄덕거렸다.

그런데 아까부터 조용히 뭔가를 생각하는 듯하던 손채림의 얼굴이 점점 사색이 되어 갔다.

"왜? 그 사람들이 걱정돼서 그런 거야?"

"그게 아니야."

"응? 그게 아니라고?"

노형진은 고개를 갸웃했다.

그게 아니라니? 그럼 아직도 자신이 생각하지 못한 부분이 있단 말인가?

"지금 각 강마다 홍수 대비용이라면서 무슨 공사 하지 않아?"

"그렇지."

"그리고 팔각수도 그중 일부를 하고 있고. 무엇보다, 애초에 일본에서 들어오는 폐자재로 만든 시멘트와 철근이 팔각수에만 들어간다는 보장은 없잖아?"

"그렇지. 하지만 홍수 대비용 공사는 강바닥을 긁어내는 공사잖아?"

노형진은 그건 상관없다고 생각했다.

그러나 그 말을 들은 유찬성은 얼굴이 사색이 되었다.

"아차! 보가 있군!"

"보라고요?"

"그래! 강의 수량을 조절한답시고 물을 가둬 두는 일종의 댐 같은 거 말일세!"

노형진은 정신이 아득해졌다.

물을 가두기 위해서 만드는 보라면 엄청난 양의 건축자재 와 철근이 들어갈 것이다.

"어, 상수도에 방사능 검사 항목이 있던가?"

대부분의 강은 주변 도시의 식수원이다.

물론 워낙 크다 보니 그 정도 가지고 강이 오염되는 사태 까지 벌어지지는 않을 것이다.

하지만 애초에 보라는 것은 물을 가두기 위해서 만들어지 는 것.

물이 고인 채로 오래 지날수록 방사능오염의 수치도 높아 질 수 있다.

"이건 단순히 몇 명이 자살하고 말고의 문제가 아니군."

강을 식수로 사용하는 사람들의 안전에 대한 문제, 그리고 다른 곳에서도 벌어지고 있는 수많은 공사의 문제다.

모든 곳이 다 위험하지는 않겠지만, 반대로 말하면 모든 곳이 다 안전할 수는 없다.

"긴급 상황이네. 당장 사람들을 부르겠네."

유찬성은 부랴부랴 핸드폰을 꺼내 들었다. 그리고 어디론가 전화를 걸었다.

─네, 의원님.

잔뜩 잠에 취한 누군가의 목소리.

아무래도 비서관인 모양이다.

"양 비서관, 지금부터 비상 상황일세. 당장 기자들 부르고 언론을 총동원해."

─네? 그게 무슨 말씀이신지?

"자세한 건 내일 아침에 나와서 이야기하세. 자네뿐만이 아니야. 동원할 수 있는 사람 다 동원해. 언론사, 기자, 블로거부터 팟 캐스트인지 뭔지까지. 내일 나라가 뒤집힐 거야."

─알겠습니다.

심상치 않다는 것을 느낀 건지, 그는 바로 전화를 끊었다.

자고 있을 게 뻔한 다른 사람들을 모두 깨워서 불러야 하기 때문이다.

전화를 끊은 유찬성은 눈을 찡그렸다.

"자네들은 어떻게 하겠나?"

"무슨 말씀이신지?"

"이번 일이 보도되면 자네는 영웅이 될 거야."

유찬성은 짧게 말했다.

그러자 송정한과 손채림의 시선이 노형진에게로 향했다.

맞는 말이기 때문이다.

이 일을 알리면 그는 영웅이 된다.

"아직은 아닙니다."

"아니라고?"

"애석하게도 이게 새어 나가도 최재철 일파가 무너지지는 않을 겁니다. 확실히 타격은 크겠지만."

"끄응."

팔각수가 무너질 정도로 일이 커지면 좋겠지만 그건 아직 불가능한 시점이다.

아무래도 팔각수는, 힘들더라도 버틸 수는 있을 것이다.

"그리고 그들은 우리에 대해서 아직 몰라야 합니다."

"아쉽군."

사실 이번에 노형진이 영웅이 되면 그를 설득해서 정치권으로 끌어들일 생각을 하던 유찬성은 안타까운 마음을 숨기지 않았다.

그런 그의 생각을 알고 있던 노형진은 피식 웃었다.

"전 정치에 관심이 없습니다."

"관심이 없다고?"

"네. 제가 원하는 건 사람들에게 도움을 주는 것이지 정치하는 게 아니니까요."

"정치를 제대로 하면 정의를 세울 수 있네."

"그런 포부를 가지고 정치계에 들어온 사람이 한두 명은 아니지 않습니까?"

"부정은 못 하겠군."

노형진의 날카로운 지적에 유찬성은 입맛을 다셨다.

실제로 세상을 바꾸겠다고 정치에 출사표를 던진 사람은 많다. 하지만 대부분의 경우 혐오에 질려서 그만두든가 아니면 똑같이 타락한다.

그렇지 않은 일부는 극소수여서 제대로 힘도 발휘하지 못하고 말이다.

"누군가는 정치를, 누군가는 농사를 하는 법입니다. 다 정치하면 소는 누가 키웁니까?"

유찬성은 피식 웃었다.

"틀린 말은 아니야."

"후우."

노형진은 잠깐 한숨을 쉬면서 머리를 식혔다.

이런 순간일수록 머리를 더욱 차갑게 해야 한다는 것을 알고 있기 때문이다.

"일단 관련자들을 언제든 부를 수 있게 해 두시는 게 좋겠습니다. 하지만 내일 발표는 하지 마십시오."

"뭐라고?"

노형진의 말에 다들 어리둥절했다.

한시가 급한데 말이다.

"어차피 이건 조만간 터집니다."

"하루 정도 늦어진다고 문제가 안 될 거라 생각하는 건가?"

송정한의 말에 노형진은 고개를 흔들었다.

그렇게 얄팍한 생각으로 대기하라고 한 게 아니었다.

"아닙니다. 쇼크를 주려는 겁니다."

"쇼크?"

"내일 당장 팔각수의 아파트 현장을 찾아보실 생각이지요?"

유찬성은 고개를 끄덕거렸다.

"그래서 기다리라고 한 겁니다."

"뭐?"

"그들은 상대적으로 소수니까요."

"그게 무슨 말인가?"

"이걸 터트린다고 생각해 보십시오. 최재철 일파는 현 정부를 도와줘야 하니 어떻게 해서든 언론 보도를 축소하려고 할 겁니다. 그렇다면 극히 일부라는 식으로 매도할 게 뻔하지요."

"큭."

유찬성은 아차 싶었다.

자신의 생각이 아무리 뛰어나다고 해도 언론을 통제하는 것은 최재철과 정부다.

잠깐 충격은 받겠지만 최종적으로 일부라는 식으로 몰아가면서 수면 아래로 가라앉아 버릴 것이다.

"왜냐하면 그 사람들은 상대적으로 소수이니까요."

현장에서 일하는 사람들은 소수일 뿐만 아니라 가난하기도 하다. 당연히 그들을 위해서 싸워 줄 사람도 없다.

아무리 유찬성이 그들의 안전에 대해 언성을 높여 봐야 정부에서 사회적으로 약자에 속하는 그들에게 신경을 써 줄 가능성은 지극히 낮다.

"그렇다고 그냥 손 놓고 구경하자는 건가?"

"아닙니다. 구경하자는 게 아니라, 가장 강력한 힘을 우리에게 가지고 오자는 겁니다."

"가장 강력한 힘?"

"민심은 천심이라고 하지요. 바로 여론을 가지고 오는 겁니다."

"어떻게? 이미 언론은 저들이 통제하는데."

노형진은 손채림을 바라보았다.

"그 방법은 아까 채림 양이 말해 줬지요."

"엥? 내가? 언제?"

"아까 네가 그랬잖아, 상수도 검사 목록에 방사능이 있느냐고."

다들 아차 싶었다.

"그렇군."

상수도는 이만저만 중요한 게 아니다.

당장 한강만 해도 그 지류를 따라 내려가면서 수많은 사람들의 식수가 되어 준다.

현재 대부분의 강에서 공사를 하고 있으니, 그 흐름을 따라서 식수원이 형성되어 있다면 못해도 1천만 이상의 사람들이 그 물을 먹고 마시면서 생활할 것이다.

"그건 소수가 아니가 다수, 아니 대부분이 되어 버리지요. 이건 정부에서 아무리 덮으려고 해도 덮을 수가 없는 겁니다."

자기가 먹는 물이 방사능에 오염되어 있을지도 모른다. 이건 덮으려야 덮어질 수가 없는 사건이다.

당연히 사람들은 매일같이 떠들 것이다.

"그러니 지금 공사 중인 보를 모조리 조사해야 합니다. 못해도 사흘, 아니 이틀은 걸릴 겁니다."

"끄응."

"어쩔 수 없습니다. 작은 것부터 하나씩 터트리면 사람은 피로감을 느낍니다. 차라리 자기 생존이 달려 있는 걸로 하나를 크게 터트리는 게 효과가 좋습니다."

"좋은 기분은 아니군."

노형진은 고개를 끄덕거렸다.

수백만의 목숨을 가지고 장난친다는 것. 그건 결코 좋은 기분이 들게 하는 일은 아니다.

"하지만 이미 벌어진 일입니다. 최대한 이쪽에 유리하게 써야 합니다. 착한 일 한다고 멍청하게 군다고, 누가 상 주는 거 아닙니다."

유찬성은 입맛을 다셨다. 틀린 말은 아니니까.

"자네는 역시나 정치를 했어야 했어."

"아닙니다. 일단 우리가 사람을 풀어서 바로 조사해 보도록 하겠습니다. 연락드리지요."

"그래, 바로 연락 주게."

노형진은 송정한, 손채림과 함께 그에게 인사하고 나왔다.

유찬성은 그저 걱정스러운 표정으로 뒤에 남을 수밖에 없었다.

그리고 바깥에 나온 노형진은 두 사람을 조용히 차에 태우더니 작게 말했다.

"우리에게도 이번이 기회입니다. 회사의 규모를 늘릴 수 있는."

"무슨 소리인가?"

"지금 회사가 자금이 충분한 건 아니지요?"

"그건 그렇지."

욕심을 부리지 않고 서민을 위해서 일한다는 것.

그건 돈이 되지 않는다는 뜻이기도 하다.

그래서 확실히 다른 변호사에 비해서 새론의 변호사들이 가지고 가는 돈이 적기는 하다.

"그러니까 기회입니다. 우리도 자금을 확보해서 변호사들에게 충분한 지원을 해 줘야 합니다."

"무슨 수로? 자네가 투자하려고? 그건 좀 그런데."

노형진은 피식 웃었다.

투자? 그럴 이유가 있을까?

"대출은 해 드리지요, 연 10% 이자로 12개월간."

"장난하지 말게, 상황도 안 좋은데. 어차피 갚아야 하는 돈인데 그걸 가지고 뭘 어쩌란 말인가?"

지원해 준다고 해도 그 돈을 쓰면 결국 회사에서 갚아야 하니 피장파장이 아닌가?

"그리고 그 돈을 어디다 쓰란 말인가?"

"맞아. 그건 의미가 없는 것 같은데."

심지어 손채림조차도 이해하지 못하는 모양이었다.

"글쎄요. 사람들은 그렇게 생각하지 않을 텐데요?"

"응?"

"물 안 드실 겁니까?"

"물이야 당연히 먹어야지. 사람이 물 안 먹고 어떻게 살아?"

"그러니까 드리는 말씀입니다. 사람은 물을 먹고 살아야 합니다. 생존의 필수 요소이니까요. 하지만 이 사건이 터지면, 사람들은 수돗물을 먹고 싶어 할까요?"

두 사람의 표정이 멍해졌다.

아까는 손채림이 생각하지 못한 부분을 지적했다면, 이번에는 노형진이 생각하지 못한 부분을 지적했다.

"앞으로 당분간 생수 회사의 주가가 아주 미친 듯이 오를 겁니다. 방사능 물질을 걸러 주는 정수기는 없거든요."

"아."

두 배? 아니, 세 배? 네 배?

알 수는 없다.

하지만 확실한 건, 이 사건이 터지는 순간 생수란 생수는 동이 날 것이다. 그것도 아주 상당 기간.

"제가 왜 사흘이나 시간을 달라고 했겠습니까? 물론 준비하는 데 시간이 필요한 것도 사실입니다. 하지만 그 시간이면 우리가 생수 회사의 주식을 싹쓸이할 수 있을 겁니다."

"꿀꺽!"

송정한은 침을 꿀꺽 삼켰다.

네 배만 오른다고 해도…….

'미치겠군.'

양심의 가책은 느껴지는데 욕심은 난다.

"양심을 버리라는 게 아닙니다. 기회를 잡으시라는 거죠."

"하아, 알겠네. 얼마나 투자, 아니 빌려주겠나?"

"음, 5천억쯤 투자할까요?"

"농담하나?"

그 정도면 생수 회사의 주식 대부분을 쓸어 올 수 있을 것이다.

아니, 그러고도 절반은 남을 것이다.

"농담 아닙니다. 어차피 받을 돈이니까요."

10%의 이자만 해도 무려 500억이다.

노형진도 짭짤한 수익을 올리는 셈.

"어, 나는 어떻게 주식 가지고 담보대출 안 되나?"

"해 줘?"

"그래 주면 땡큐지."

노형진이 피식 웃었다.

"그런데 너한테 빌려주면 우리끼리 싸우는 꼴이 되잖아. 쓸데없이 가격만 올리는 셈이지."

"아, 그렇구나."

약간은 아쉬운 표정이 되는 손채림.

노형진은 그런 그녀에게 다가가서 작게 말했다.

"그러면 내가 만드는 회사에 투자 한번 해 볼래?"

"응? 그게 무슨 소리야? 무슨 회사를 만드는데?"

"생수 수입 회사."

"응? 아니, 왜? 이미 생산 회사가 있잖아."

"과연 우리나라 생수 생산량이 국민들이 요구하는 양을 따라갈 수 있을까?"

송정한과 손채림은 정신이 번쩍 들었다.

"친애하는 국민 여러분, 그리고 존경하는 기자 여러분."

한강 변에서 유찬성은 아주 심각한 표정으로 입을 열었다.

기자들은 그의 표정만으로도 불안감을 감지했다.

"뭐지? 자살이라도 중계하라는 건가?"

"헛소리하지 마. 지금 분위기 살벌한 거 안 보여? 뭔가 있는 거야. 그것도 아주 큰 건으로."

잠깐의 침묵이 흐르는 사이, 기자들은 우려 섞인 말을 나누었다.

하지만 유찬성의 입에서 과연 무슨 말이 나올지, 그들은 꿈에도 생각하지 못했다.

"전 얼마 전부터 일본에서 일어난 사태에 관심을 가지고 주시했습니다."

유찬성은 천천히, 그러나 확실한 어조로 자신이 왜 방사능 유출에 관심을 가지게 되었는지, 그리고 그 이후에 수입되기 시작한 폐자재와 폐철을 조사했는지 장황히 설명했다.

물론 그 과정에서 새론과 노형진은 자연스럽게 빠졌지만 미리 준비한 원고라 특별히 이상한 것은 없었기에 자연스럽게 넘어갔다.

"그리고 그게 우리나라의 공사 현장으로 넘어갔다는 소리를 들었습니다."

"그런데요?"

"전 그때 정신이 아득해졌습니다. 우리나라에서 가장 많이 이루어지는 공사가 뭔지 생각났기 때문입니다."

"그게 뭔지?"

다들 웅성거렸다. 바로 생각나지 않았기 때문이다.

그러나 다들 기자들이었기 때문에 얼마 지나지 않아 생각해 낼 수 있었다.

"아파트 아냐?"

"아파트?"

"그러네, 아파트."

"이거, 그러면 큰일 아냐?"

아파트라는 말이 나오기 무섭게 웅성거리는 사람들.

그리고 몇몇은 성급하게 돌아갈 생각부터 하기 시작했다.

방사능에 오염된 아파트는 이만저만 큰 건수가 아니기 때문이다.

"선배, 우리 슥 빠져서 먼저 원고 송고해야 하는 거 아니에요?"

"야, 잠깐만."

후배 하나가 재촉하자 기자 한 명이 그런 그를 진정시켰다.

"잠깐 기다려 봐."

"네?"

"생각해 봐. 아파트를 깔려고 했으면 공사판에 갔겠지, 여기 왔겠냐?"

"어, 그러네."

"그러니까 기다려. 기자한테는 기다림도 덕목이야."

그리고 그들의 기다림에 호응하듯 유찬성은 비서관에게서 노란색의 작은 기계를 건네받았다.

몇몇 사람들은 그것이 무엇인지 즉시 알아보았다.

얼마 전 서울에서 그가 아스팔트가 오염되었다고 할 때 들었던 그 기계. 그러니까 방사능측정기인 가이거계수기였다.

"사실 처음에는 아파트가 중요하다고 생각했습니다. 그러다 한 가지 사실이 생각나더군요. 우리나라의 강 대부분이 지금 공사 중이라는 사실이. 그리고 그곳에는 수십 개의 보가 건설되고 있지요."

그 말뜻을 알아차린 기자들의 얼굴은 아까와는 판이하게 달라졌다.

아까는 그냥 놀랍거나 당황스러운 표정이었지만 이제는 얼굴이 사색이 되어 가고 있었다.

따다다다닥.

유찬성이 보로 다가갈수록 점점 요란스럽게 올리는 가이거계수기.

하지만 유찬성은 더 이상 보로 다가가지 않았다. 그 대신에 한강으로 다가갔다.

그러자 계수기는 점점 크게 반응하기 시작했다.

"보다시피 한강은 방사능에 오염되었습니다. 나머지 강들도 별반 다를 것 같지 않군요."

"이런 미친!"

기자들의 사색이 된 얼굴을 보면서 유찬성은 그들에게 떡하니 헤드라인을 던져 줬다.

⚖

"네, 각하. 알겠습니다. 그렇게 하겠습니다. 하지만 시간이……. 네, 각하."

몇 번이나 움찔거리면서 전화를 받던 최재철은 쾅 소리가 나게 전화기를 내리놓았다.

"젠장, 통제하라니! 통제되어야 말이지!"

기자들은 난리가 났다.

한강과 나머지 강들이 방사능에 오염되었다는 주장은 그냥 넘어갈 수 있는 게 아니다.

자신들과 가족들도 그곳에서 나오는 물을 먹고 마시고 생활에 쓰기 때문이다.

당연히 그곳이 오염되면 자신들에게도 영향을 준다.

기자들은 그걸 미친 듯이 써 대기 시작했고, 이제는 통제할 수 있는 수준이 아니었다.

사람들은 사방에서 방사능측정기를 들고 다녔고, 알려지지 않았던 오염 지역까지 하나둘 드러났다.

"씨발, 이건 도대체가······."

최재철은 머리를 부여잡았다.

자신의 권력은 절대적일 거라 생각했다. 하지만 이번 사건은 자신이 아무리 겁줘도 막을 수가 없었다.

도리어 은폐하려고 하다가 정부에서 은폐한다는 기사가 나갈 뻔해서 기겁한 다른 직원이 읍소한 끝에 겨우 멈출 수 있었다.

"젠장."

지금까지 통제하던 언론이 제대로 들고일어나자 답이 안 보이는 상황.

황급하게 연구 단체를 동원해서 취수구 주변은 안전 수치 이내라고 주장하고 있지만 이빨도 안 들어간다.

"각하께서는 뭐라고 하시던가요?"

"이번 일은 큰일이니까 이번 일을 해결하기 위해서는 야당의 도움이 절실하다고 하시네."

"네? 그게 무슨 말씀이신지?"

최재철은 서 실장을 무섭게 노려보았다.

지난번부터 제대로 하는 게 없는 그는 점점 최재철의 눈 밖에 나는 실정이었다.

그걸 아는지 모르는지, 서 실장은 그 눈빛에 움츠러들었다.

"유찬성에게 하던 작업을 그만하라는 뜻이야."

"하지만……."

"지금 여기서 유 의원을 건들면 야당이 우리를 도와줄 것 같나?"

그럴 리 없다.

안 그래도 지금까지 두들겨 맞기만 하던 야당이 이빨을 드러내고 덤비고 있는데 말이다.

그렇다고 유 의원 사건을 대중에게 던져 줄 수 있을까?

이 상황은 북한에서 핵미사일을 쏴도 덮을 수 없다.

아마 의미도 없이 쓸려 갈 것이다.

"하지만 두 번은 못 씁니다."

일사부재리의 원칙 때문에 처제를 공격하는 방식은 두 번은 못 쓴다.

"알아. 내가 바보인 줄 아나?"

최재철도 짜증스럽게 말했다.

두 번은 못 쓴다.

쓰고 싶어도 유찬성이 이번 사건으로 약점을 꽉 쥔 이상 못 쓴다.

아니, 야당에 대한 공격 자체가 당분간 힘들 수밖에 없다.

이번 사건으로 그들의 힘이 강해졌기 때문이다.

"빌어먹을."

최재철은 지그시 입술을 깨물 수밖에 없었다.

⚖️

"아이구야, 미친 듯이 올라가네."

뉴스에서 주가를 보던 노형진은 싱긋 웃었다.

벌써 생수 생산 기업들의 주가는 세 배가 넘게 뛰었다.

전국의 생수는 이미 동났고, 생수 생산 기업들은 밤새도록 만들어도 수요를 감당하지 못했다.

사실 밤을 새운다고 해도 만드는 데에는 한계가 있을 수밖에 없다.

생수라는 것은 결국 지하수를 뽑아 올리는 것이다.

전 국민이 먹다 보면 지하수가 줄어드는 것은 당연한 일이니 회사가 양을 늘리고 싶다고 무한정 늘릴 수 있는 것이 아닌 셈이다.

그 덕에 노형진이 재빠르게 외국에서 수입한 생수는 무서운 속도로 시장점유율을 높여 가고 있었다.

"얼마 후면 추가로 수입한 생수가 도착할 테고."

이번 사건으로 새론도, 노형진도, 손채림도 적지 않은 돈을 벌었다.

새론은 주식을 모두 다 팔고 그 돈을 재투자하면 쑥 클 것이 확실시되었다.

"헤헤헤."

손채림도 눈에서 행복이 넘쳐 났다.

비록 주식을 담보대출해서 한 투자와 주식 구입이라고 하지만, 그래도 그게 몇 배로 돌아오고 있기 때문이다.

"그나저나 어떻게 한 거야?"

"응?"

"사실 연구 결과에 따라서는 그렇게 오염이 심한 건 아니라면서?"

"아, 그거?"

노형진은 피식 웃었다.

물이 오염된 것은 사실이지만 설치된 지 얼마 되지 않았기 때문에 오염이 심한 수준은 아니다.

하지만 분명히 유찬성의 가이거계수기는 미친 듯이 울었다.

"그거 모양만 똑같은 거지, 민감도는 달라."

"뭐?"

"계수기는 가격에 따라서 탐지 능력이 달라지거든. 그런데 이전 건 한 200만 원 정도 된다면 이건 한 1,200만 원 정도 되는 거야."

"헐?"

"모양은 같지만 훨씬 예민하지. 당연히 정밀 작업용이라 경고 수치도 훨씬 낮고."

그러니 그렇게 미친 듯이 운 것이다.

"그러니 기자들은 기겁할 수밖에."

"헤에."

"쇼크를 주려면 확실하게 줘야지."

노형진은 피식 웃으면서 말했다.

"당분간은 나라가 시끄럽겠네."

"그럴 거야."

아파트고 공사 현장이고, 방사능 수치를 측정하고 방사능이 나온 건물은 다시 부수느라고 정신이 없었다.

입주 예정이던 사람들이 눈에 불을 켜고 달려들어서 감출 수도 없었다.

"팔각수가 안 넘어간 게 아쉽기는 하지만."

그래도 이번에 팔각수가 입은 타격은 결코 적지 않았다.

규모가 크지도 않은데 최재철의 힘으로 큰 공사를 많이 받은 바람에 타격이 다른 기업보다 더 크게 다가오는 것이다.

"언젠가는 기회가 오겠지."

노형진은 그렇게 말하면서 다시 주가가 표시된 모니터로 시선을 돌렸다.

"지금은 들어오는 치킨값을 즐기자고."

"이거로 치킨을 사 먹으면 닭이 멸종되겠는데?"

쭉쭉 올라가는 주식을 보면서 손채림은 배시시 웃었다.

산업적 인질극

"으하함."

손채림은 찌부듯한 몸을 펴면서 길을 가고 있었다.

"사람들이 왜 돈이 많으면 출근하기 싫어하는지 알 것 같다."

노형진 덕분에 적지 않은 돈을 벌었다. 그랬더니 왠지 나태해지는 기분이었다.

"아니야, 일해야지. 아빠 같은 인간이 될 수는 없지."

그녀는 자신의 뺨을 스스로 두들기면서 마음을 다잡았다.

"돈이야 은행에 넣어 두면 알아서 이자가 붙으니까 지금은 일을 하자. 조금 더 벌어서 다시 음악을 시작하는 거야."

물론 이미 나이가 있으니 화려한 데뷔나 그쪽으로의 진로를 잡아 가는 것은 아닐 테지만, 최소한 자신이 하고자 하는 길이었고 그걸 할 때마다 자신이 살아 있다는 것을 느낄 수 있으니까.

"아, 그래도 돈 많이 벌었는데 바이올린 하나만 살까? 음, 그러면 방에다가 방음 공사도 해야 하잖아? 하지만 방이 작은데. 집을 옮길까, 큰 집으로? 에구구, 일이 더 커지네."

쓰든 안 쓰든 금전적으로 여유가 있다는 것은 즐거운 일이었다.

"이래서 형진이가 돈, 돈 하는 거구나."

돈이 있으니 누군가의 눈치를 볼 이유가 없다.

돈이 있다는 것만으로 법적인 중립성이 확보되는 것이다.

"새론도 이번에 많이 벌었다고 하니."

직원들의 복지를 위해서 투자를 좀 더 확대한다는 이야기도 있었다.

역시 돈이 참 좋다고 생각하면서 그녀는 길을 걸어갔다.

"아, 다 필요 없고 차부터 사야 하나?"

지난번 차량 사고 이후에 차는 폐차할 수밖에 없었다.

운전이 겁나서 걸어 다니고 있기는 하지만 날씨가 점점 더워지니 걸어서 출근하는 게 쉽지 않았다.

"이번에는 안전한 거 위주로……."

그렇게 생각하면서 가던 손채림의 눈에 누군가 들어왔다.

"어, 황 회장님이잖아?"

새론에 사건을 맡겼던 황서평 회장이 지나가는 것이 보였다.

사건 때문에 몇 번 만났기 때문에 그녀도 그를 알고 있었다.

"끄응, 못 본 척할 수는 없겠지?"

돈 있는 사람들은 자신에게 인사하지 않았다고 화를 내는 경우가 많아서, 손채림은 입맛을 다시면서 그에게 다가갔다.

어찌 되었건 그는 새론에도 상당히 큰손님이니까.

"황 회장님, 안녕하세요."

"어, 누구?"

황 회장은 당혹스러운 얼굴로 손채림을 바라보았다.

"새론에서 일하는 손채림이라고 합니다. 지난번에 사건 때문에 인사드렸지요?"

"아, 그러니까 그랬나? 일단 반갑기는 한데……."

그런데 황 회장의 행동이 이상했다.

눈을 주변으로 돌리면서 다른 사람들이 있는지 확인하는 눈치였다.

'뭐지?'

손채림은 고개를 갸웃했다.

그런데 그때, 회장의 뒤에 숨어 있던 한 여자가 보였다.

손채림은 그걸 보고 겉으로는 애써 웃으면서도 속으로는 욕했다.

'아침부터 밀회야? 진짜 이 아저씨도 양심도 없네. 척 봐도 딸뻘 이하 같은데. 돈이 좋다고는 하지만 이건 너무한 거 아냐? 아오, 진짜 의뢰인만 아니면 경찰한테 신고하고 싶다.

돈 벌면 다 저런가? 하지만 형진이는 안 그런데. 결국 저놈
이 개놈이라는 소리겠지?'

손채림이 알기로 황 회장은 유부남이다.

그런데 아무리 봐도 뒤에 있는 여자는 와이프는 아니다.
와이프라기보다는 딸처럼 보였다.

'아침부터 못 볼 꼴 봤네.'

손채림은 애써 본심을 숨기면서 황 회장에게서 멀어지려
고 했다.

닿으면 왠지 오염될 것 같은 기분이 들었기 때문이다.

"아, 전 그러면 가 볼게요."

"아, 그래. 어서 가 봐."

"네, 들어가세요."

모른 척 가려고 하던 손채림의 눈이 그만 그녀와 마주쳤
다.

손채림은 애써 미소를 보냈다. 그런데 그 순간, 그녀는 손
채림의 예상과는 전혀 다르게 움직였다.

"어?"

손채림과 이야기하는 사이에 힘이 빠진 황서평 회장의 손
에서 빠르게 자신의 손을 빼고는 갑자기 전력을 다해서 뒤로
도망가기 시작한 것이다.

"어?"

갑작스러운 상황에 손채림은 어리둥절했다.

그러나 더 당황한 건 다름 아닌 황서평이었다.

여자가 갑자기 손을 빼고 도망칠 줄은 몰랐던 것이다.

사실 아침부터 호텔에 같이 들어가다가 아는 사람을 만났으니 부끄러워서 손을 뺄 수도 있다.

하지만 그렇다고 해서 비명을 지르면서 도망칠 이유는 없었다.

"사람 살려요!"

"어?"

"사람 살려!"

"어어?"

손채림도 황서평도 당황스러운 표정을 하는 사이에, 여자는 고래고래 소리를 지르면서 멀어져 갔다.

이윽고 당혹감에서 벗어난 황서평 회장의 얼굴은 붉으락푸르락해졌다.

"이런 쌰앙! 너 때문에 놓쳤잖아!"

"네? 그게 무슨 말씀이신지……?"

그러나 손채림의 말은 채 끝나지 못했다.

황서평이 무서운 속도로 손채림의 뺨에 따귀를 날렸기 때문이다.

"눈치도 없는 년 같으니라고! 씨발!"

그렇게 손채림의 따귀를 날린 황서평은 여자를 따라서 다급하게 뛰기 시작했다.

손채림은 어이가 없어서 그대로 얼어붙을 수밖에 없었다.

⚖

"지금 뭐라고 했습니까?"

송정한은 어이가 없어서 부들부들 떨었다.

"내가 공들인 년을 당신네 직원 때문에 놓쳤으니까 그년이라도 보내라고 했다."

"허?"

송정한은 어이가 없었다.

이 인간이 다짜고짜 찾아와서 무슨 소리를 하나 싶었더니 이건 뭔 개 같은 소리란 말인가?

"이해를 못 하겠는데요. 공들인 건 또 뭐고, 놓친 건 또 뭡니까?"

"그건······."

황서평은 잠깐 입을 멈췄다.

하지만 차마 말하지 못하고는 눈을 찌푸렸다.

"닥치고 보내. 그년 얼굴도 반반하던데. 안 그러면 계약 해지할 거야."

송정한은 씁쓸한 미소를 지었다.

사실 돈이 있다고 이런 식으로 갑질하는 새끼들을 만나는 건 한두 번이 아니다.

'전이라면 진정부터 시켰을 테지만.'

그는 얼마 전에 노형진 덕분에 산 주식을 생각했다.

무려 네 배가 오른 주식들. 이걸 팔면 돈을 갚고도 무려 세 배나 남는다.

돈? 이제 새론도 돈이 있다.

"그러지요."

"뭐?"

"무슨 일인지 모르겠지만 우리는 그런 일에 직원을 동원하지 않습니다. 사건 변론 계약 해지해 드리지요. 오늘 오후에 바로 사임서 제출하겠습니다."

"너 이 새끼……!"

"그리고 이 경우는 계약금은 반환 못 해 드리는 거 아시지요?"

"뭐라고?"

"그렇지 않습니까? 저희가 잘못한 것도 아니고, 성 상납을 요구하는 것은 그쪽 잘못인데요."

황서평 회장의 얼굴이 붉으락푸르락해졌다.

"너 이 새끼가……. 내가 누군지 알아?"

"알지요, 황서평 회장님. 전국적인 족발 체인점 '황부자네 족발' 대표님이시지요."

"알면서 이런다 이거지?"

"네."

족발 팔아서 빌딩을 올린 전설적인 기업가.

그러나 아무리 그렇다고 해도 직원을 성 상납시킬 생각은 눈곱만치도 없었다.

'그것도 다른 사람도 아니고 손채림을?'

그러면 족발 체인이 문제가 아니라 대한민국 경제가 문제다.

아마 노형진이 성 상납을 요구한 소식을 알게 된다면 죽이겠다고 덤빌 테니까.

"계약 해지 서류 써 드릴까요?"

송정한이 도리어 당당하게 나오자 황서평은 붉어질 대로 붉어진 얼굴로 몸을 돌려서 사무실에서 나갔다.

'쾅!' 하는 소리와 함께 문이 닫히자 송정한은 머리를 절레절레 흔들었다.

"100억대 소송 하나가 날아갔구먼. 하아……."

하지만 그다지 아까운 건 아니다.

100억대 소송이라고 해 봐야 자신들이 받는 변론 비용은 10억이 좀 넘는다. 그 정도 돈 때문에 자존심을 팔 필요는 없다.

"하지만 이유는 알아야지."

도대체 무슨 이유에서인지 모르겠지만 그 이유를 알아야 하기 때문에 송정한은 인터폰을 통해 손채림을 불렀다.

"지금 노형진 변호사 팀의 손채림 양을 올라와 달라고 하세요."

-네, 대표님.

잠시 후 손채림이 송정한의 사무실로 올라왔고, 송정한은 지금 벌어진 일을 차분하게 설명했다.

"어, 그런 일이……. 죄송해요, 저 때문에."

"채림 씨 잘못 아니니까 그런 표정 하지 마요. 직원 누구라고 하더라도 그런 말도 안 되는 개소리는 받아 줄 생각 없으니까. 다만 저쪽이 사정을 말하지 않으니 어떻게 된 건지 알아보고 싶은 것뿐입니다."

"사실은……."

손채림은 아침에 있었던 일을 차근차근 설명했다.

그 말을 들은 송정한은 안도의 한숨을 내쉬었다.

"이건 안 좋은 일이 아니라 좋은 일이네요."

"그런가요?"

"그런 놈이 무슨 사고를 칠지 어떻게 압니까? 그런 사건 담당하게 되면 우리만 머리 아파요."

차라리 일이 커지기 전에 관계가 끊어진 것이 다행이라는 생각에 송정한은 안도할 수 있었다.

"잘했습니다."

"우연인데요, 뭐."

"그래도 덕분에 핵폭탄 하나 걸러 냈네요."

송정한은 그렇게 말하면서 고개를 끄덕거렸다.

"이제 나가 봐요."

"하지만 손해가 커서······."

송정한이 피식 웃었다.

"새옹지마라고 했습니다. 내가 봐서는 더 큰 피해를 막은 걸 수도 있으니까 걱정하지 마요."

사실 송정한은 오랜 경험으로 확신하고 있었다, 저런 인간이라면 조만간 크게 사고를 칠 거라고.

그 소식은 얼마 지나지 않아서 터졌다.

"허, 미친놈 보게."

노형진은 뉴스를 보면서 혀를 끌끌 찼다.

황서평 회장의 황부자네 족발이 대형 스캔들에 휘말렸기 때문이다.

"와, 개새끼들."

유통기한이 지난 족발을 공급했다가 발각되었다는 것.

거기에다가 국산이라고 공급한 족발 중 일부가 알고 보니 중국산이었다.

─족발은 오랜 시간 푹 삶아서 만드는 요리인 만큼 안전상에는 문제가 없으며······.

"안전상의 문제가 아닐 텐데."

노형진은 그들의 변명 아닌 변명을 보면서 머리를 절레절레 흔들었다.

"그러고 보니 얼마 전까지 저 인간, 우리한테 사건 맡겼잖아?"

"그렇지."

"진짜 새옹지마네."

만일 지금까지 연결되어 있었다면 아무래도 상도덕상 저들의 변론을 담당해야 했을 것이다.

하지만 아무리 봐도 이건 어떻게 실드를 쳐 줄 수 있는 수준이 아니다.

정부에서는 대대적인 조사를 시작하고 있는데, 아주 작심한 눈치였다.

"재료를 속일 정도면 걸리는 게 한두 개가 아닐 텐데."

기업은 절대 양심적인 곳이 아니다.

그러니 하나를 속이기 시작하면 나머지도 당연히 속이게 된다.

돈을 벌기 위해서다.

"그러고 보니 왜 계약을 해지한 거지?"

노형진은 고개를 갸웃했다.

자신에게 배당된 사건 중 하나였는데 나중에 갑자기 계약이 해지되었다는 소식만 들었기 때문이다.

"뭐, 사정이 있었겠지."

손채림은 그렇게 나직이 대꾸했다.

그 당시 사건에 대해서 노형진에게 말하지 않기로 했기 때문이다.

"그래도 다행이다. 이런 건 어떻게 실드가 될 만한 게 아니네."

어깨를 으쓱하는 노형진이었다.

"우리는 구경이나 하자고."

이제는 자신들과 관련이 없는 이야기였기 때문에 노형진은 그다지 신경 쓰지 않기로 했다.

"그나저나 야식은 뭐 먹지? 역시 족발인가?"

"너 참 성격 나쁘다."

"후후후후."

노형진은 그저 웃을 뿐이었다.

⚖

"의뢰요?"

"그래."

"하지만 우리는 황서평 회장과 선 끊었잖습니까? 그런데 황부자네 족발에 대한 사건을 맡았다니요?"

얼마 후 노형진에게 당혹스러운 소식이 전해졌다.

평등재단에서 황부자네 족발 사건을 담당해 달라는 부탁

이 들어왔다는 것이다.

"그렇기는 한데, 주체가 좀 달라."

"주체가 다르다니요? 그 새끼들이 평등재단에 뇌물이라도 먹였답니까?"

아니, 뇌물을 먹인다고 해서 넘어갈 평등재단이 아니다.

그리고 주변에 쌓이고 쌓인 게 로펌인데 꼭 자신들에게 맡겨야 하는 것도 아니고.

그러니 뇌물까지 줘 가면서 자신들에게 사건을 맡길 이유는 없다.

"황서평이 아니라 그 아래에 있는 체인점들 때문에 그래."

"황서평이 아니라 체인점들요?"

"그래, 그러니까 의뢰인이 황서평이 아니라 황부자네 족발이지."

"아하!"

황서평이 만든 기업이 황부자네 족발이라고 하지만, 그 아래에서 그 이름으로 활동하는 사람들은 황서평의 얼굴도 본 적이 없을 것이다.

말 그대로 프랜차이즈니까.

"그곳에서 다급하게 변호사를 고용하려고 하는 모양이더군. 요즘 불매운동이 심하잖나."

"그렇지요."

유통기한이 지난 돼지 족발로 만든 족발 요리를 먹고 싶어

하는 사람은 없다.

당연히 매출이 급감했고, 프랜차이즈 계약을 하고 가게를 오픈한 기업들은 휘청거리고 있었다.

"그들이 평등재단에 부탁한 모양이더군."

이 경우에 타격을 가장 크게 입는 것은 이름을 빌려서 장사하는 소상공인이다.

"하긴 이런 일이 터지면 대부분의 경우 그냥 속절없이 당하기 마련이지요."

아무것도 모르고 영업점을 열었는데 본사에서 사고를 치면 오픈한 사람들이 다 뒤집어쓴다.

"음, 그건 고민 좀 해야겠네요."

"그렇지?"

부탁이 들어온 건 사실이지만 사실 도의적으로 애매한 부분이 있다.

일단 자신들이 황서평의 사건을 담당한 적이 있다는 것이 문제다.

완전 별개의 사건이니 법적으로야 문제가 되지 않겠지만 도의적으로는 문제가 될 수도 있다.

더군다나 그 당시 받은 자료들의 존재도 알고 있으니.

"좋은 쪽으로 생각해 보게, 우리도 그쪽이랑 좋은 관계는 아니니."

"그러고 보니 도대체 왜 거래를 끊은 겁니까? 작은 사건이 아니었던 것 같은데요."

송정한은 씁쓸하게 말했다.

"이제 일이 터졌으니 말해도 되겠군. 사실은 그 녀석이 우리한테 성 상납을 요구했다네."

"네?"

송정한은 노형진에게 무슨 일이 벌어졌는지 이야기해 줬다.

그리고 이야기를 다 들은 노형진은 어이가 없어서 입을 쩍 벌렸다.

"아니, 그걸 왜 말씀하지 않으셨습니까?"

"그랬으면 자네가 그곳을 그냥 뒀겠나?"

"당연히 그냥 안 두죠."

"그러니까 말하지 않은 거야."

황서평을 밟는 건 문제가 안 되지만 그 아래 있는 프랜차이즈 업주들은 타격이 클 테니까.

"끄응."

"뭐, 다시는 안 볼 거라 생각했는데 일이 이렇게 되었군."

송정한은 슬쩍 볼을 긁으면서 말했다.

"조만간 사고 칠 거라 생각했지만 이렇게 대형일 줄은 몰랐지."

"그렇군요."

"일단 생각 좀 해 보게."

"네."

노형진은 그렇게 말하면서 머릿속으로는 황서평의 탐욕스러운 얼굴을 떠올리고 있었다.

⚖️

이번 사건에 대해서 회장으로서 무한한 책임을 느끼며……(종략)……이번 사건에 대하여 심심한 사과와, 점주들과 그곳에서 일하는 수많은 사람들의 생존권이 달려 있는 만큼 용서를 구하며, 저는 이 모든 책임을 지고 회장직에서 사임하는…….

얼마 뒤 황서평의 사과문이 공개되었다.

그는 기자들을 불러 놓고 사과문을 발표했다.

그러나 예상에서 한 치도 벗어나지 않은 사과문에 노형진은 이해는커녕 분노할 뿐이었다.

"저럴 줄 알았다."

"그래?"

"사과문 같은 소리 하고 자빠졌네."

결론적으로 사과문을 분석해 보면 자신은 아무런 책임도 없으며 부하들이 자기 몰래 한 일이라는 것이다.

그리고 아래 일하는 사람들의 생계도 달려 있으니 이제 불매운동이나 수사를 그만해 달라는 말이었다.

"일단 기업에서 발표하는 사과문은 안 믿는 게 좋아."

사과문을 읽고 고개를 숙이고 있는 황서평을 본 노형진은 머리를 절레절레 흔들면서 말했다.

"사과할 거면 벌써 했어야지."

"그래도 일단 회장직에서 물러난다잖아?"

노형진은 피식 웃었다.

"너도 주식을 가지고 있잖아. 그런데 그게 의미가 있을까?"

"하긴."

회사에서는 주식을 가지고 있는 자가 갑이다. 그러니 회장에서 물러난다고 해도 의미가 없다.

"더군다나 황부자네 족발은 개인 사업자 기업이야."

"뭐?"

"대부분 모르지?"

개인 사업자 기업이라는 것은 말 그대로 사업자 자체가 개인에게 속해 있는 기업이다.

보통은 규모가 커지면 주식회사로 바꾸지만, 법으로 강제되는 것은 아니다 보니 규모가 커도 개인 사업자인 경우는 제법 많다.

"개인 사업자가 뒤로 물러난다고 물러나지겠어?"

"아, 그렇구나."

결국 다른 사람이 앞으로 나서서 운영하겠지만 그 역시 그냥 종업원에 지나지 않는다.

그러니 회장 자리에서 물러난다고 해서 그 권력이 사라지는 것은 아니다.

"아마 적당히 시간이 지나면 복귀하겠지. 세상이 잠잠해질 때쯤."

"끄응."

"한두 번 있는 일도 아니고."

언제나 이런 식이다.

프랜차이즈는 본사에 종속되는 구조이기 때문에 위에서 사고 한번 치면 정작 장사하는 점주들은 심각한 타격을 입을 수밖에 없다.

"이런 걸 보통 대중적 인질이라고 하지."

"대중적 인질?"

"그래. 뭔가를 요구할 때 다른 사람의 핑계를 대는 거야. 그래서 그 순간을 넘어가는 거지."

"그런 게 있어?"

"'그런 게 있어?'가 아니라 흔하게 벌어지는 일이야. 문제는 그 인질극의 피해자들이 또한 가해자가 되는 경우도 적지 않다는 점이야."

"흠."

"쉽게 표현하자면 정치인들이 입만 열면 국민을 팔아먹는 거랑 비슷해."

정치인들은 뭔가를 할 때 꼭 국민을 팔아먹는다.

그 행동이 자신의 욕심을 위한 행동이라고 할지라도 일단은 국민을 들먹이는 것이다.

예를 들면 군납 비리의 처벌을 강화하자는 주장이 나와도 국민들이 반대한다며 반대 의견을 밝힌다.

물론 국민들이 반대할 리 없지만.

"기업들의 경우는 자신들의 아래에서 일하는 사람들과 그 가족들을 볼모로 잡는 경우가 많아."

여기가 망하면 일하는 직원들과 가족의 생계가 위험하다는 식으로 몰아붙이는 것이다.

물론 아예 틀린 말은 아니지만 또 완전히 맞는 말도 아니다.

그렇게 순간을 넘어간다고 해서 그들의 행동이 바뀌는 것도 아닐뿐더러, 도리어 한번 넘어갔으니 다음에도 또 넘어갈 거라고 생각해서 더 악독하게 착취하는 경우도 많으니까.

"자신의 아래 있는 사람들을 인질 삼아서 협박하는 거야."

"음."

"그런 놈들 있잖아, 자기한테 불리하면 나 콱 자살한다고 하는 놈들."

"아, 이해가 가네."

범죄자를 대상으로 싸우다 보면 몇몇 패턴이 보이기 마련이다.

그중 하나가 바로 자살한다고 덤비는 놈들이다.

그들은 사과나 반성을 하기보다는 더 고발하면 확 자살한다고 협박한다.

자기가 자살하면 넌 평생 죄책감에 시달릴 테니 이쯤에서 합의하고 물러나라는 일종의 협박이다.

"하지만 그런 놈들 중에 진짜로 자살하는 놈 봤어?"

"아니."

노형진은 그런 놈들 만나면 간단하게 말한다.

—한강 가는 택시 잡아 드릴까요?

그리고 그 말을 한 놈들 중에서 자살한 인간은 단 한 명도 없다.

진짜로 자살할 정도로 핀치에 몰린 사람은 싸울 의지조차도 없으니까.

"저런 건 지극히 오래된 수법이야."

최초로 노예제도가 부정될 때 세상이 망한다고 그랬다.

그리고 노동법이 생길 때 기업들은 다 망한다고 외쳤고, 최초로 최저임금제가 생겼을 때 대한민국이 다 망한다고 기업들은 결사반대를 했다.

매번 그랬다.

자기들에게 조금만 불리하면 자기들이 망한다고, 그러니

까 자기들 아래서 일하는 놈들 굶어 죽는 거 싫으면 알아서
물러나라고.

"하지만 여기서 물러나면 더 무리한 요구를 하기 마련이
야."

지금 황서평은 직원들을 인질 삼아서 협박하는 것이다, 당
장 자신에 대한 조사를 그만두라고.

"여기서 물러나면 최저임금을 어길 테고, 그 후에는 노동
법을 어길 테고, 그 후에는 노예제도의 부활을 요구하겠지."

저런 작자들의 욕심은 끝이 없으니까.

"그러면 어떻게 할 거야? 소송할 생각이야?"

"글쎄, 솔직히 고민이 좀 되기는 하는데."

아무래도 상도덕이라는 것이 있으니 한때 의뢰인이었던
황서평과 싸우는 것은 좋은 생각이 아닌 듯했다.

하지만 황서평의 행동을 보고 있자면 그 상도덕이라는 것
도 의미가 없는 것 같았다.

"정작 황서평이 상도덕을 지키지 않는 것 같은데?"

손채림은 그렇게 말하면서 화면이 꺼진 텔레비전을 바라
보았다.

그가 상도덕을 지켰다면 회사가 이렇게 흔들릴 일은 없었
을 것이다.

"그렇지."

노형진도 그 부분은 인정했다.

"그리고 저쪽에서 그렇게 상도덕을 지키지 않는다면 우리
도 그걸 지킬 이유는 없지."

물론 저들도 그냥 넘어가지는 않을 것이다.

그러니 이 싸움은 길게 이어질 수밖에 없으리라.

"과연 저들은 어떻게 싸울 것인지 두고 보자고."

노형진은 결국 이 싸움을 받아들이기로 마음먹었다.

⚖

"노형진입니다."

"비대위를 이끌고 있는 한수호라고 합니다."

남자는 피곤한 얼굴로 말했다.

"연락이 오지 않아서 포기하신 줄 알았습니다."

"뭐, 내부적으로 정리할 게 좀 있어서요. 전에 회장의 사
건을 대리한 적도 있고 그래서."

"그렇군요."

"일단 일 이야기를 시작하지요. 피해가 얼마나 됩니까?"

남자는 마른세수를 했다.

타격이 너무 커서 도무지 영업을 이어 갈 수가 없는 수준
이었다.

"지금 매출이 70% 이상 줄었습니다."

"70%나요?"

"네."

다른 것도 아니고 음식을 속인 것에 대한 문제다.

차라리 회장이 사회적인 다른 문제를 일으켰다면 회장이고 뭐고 일단 맛만 있으면 된다고 생각하는 사람들이 계속 주문했을 테니 이렇게 타격이 크지는 않았을 것이다.

하지만 다른 것도 아니고 음식에 관한 건이다 보니 이건 도무지 답이 없었다.

그것도 부실한 정도가 아니라 유통기한이 지난 족발을 제공했으니 사람들의 마음이 완전히 돌아설 수밖에 없었다.

"그 이후에 회사에서는 아무런 말도 없던가요?"

"항의는 했지요. 그렇지만 회사에서는 말도 안 되는 개소리를 하더군요."

"개소리요?"

"어차피 한국 놈들은 시간이 지나면 다 잊어버리니까 조금만 참으면 된다고."

노형진은 피식 비웃음이 올라왔다.

'그렇지. 너희들 생각이 딱 그 수준이지.'

진심된 사과? 반성?

애초에 그런 걸 할 기업이면 이런 말도 안 되는 짓을 벌이지도 않는다.

일단은 지금만 넘어가면 된다, 그게 기업의 생각이었다.

"회사야 벌어 둔 돈이 있으니 버틸 수 있겠지요. 하지만 우리는요?"

회사야 벌어 둔 돈과 건물이 있으니 이름만 바꾸면 그만이
다.

하지만 자신들은 아니다.

이미 홍보와 영업을 다 해 놨는데 이제 와서 무작정 버티
라는 것은 말도 안 되는 소리다.

건물 임대료, 직원 월급이나 관리비 등등 나갈 것은 천지
인데 들어오는 게 없으니.

"언론에 발표된 사과문 보셨습니까?"

"네."

"기가 막히더군요. 우리에게는 사과는커녕 연락 한번 안
왔습니다. 그런데 사과요? 합의요? 보상요?"

분명히 뉴스에서는 가맹점주들과 이야기하면서 적절한 보
상 절차를 밟고 있다고 했다.

하지만 정작 가맹점주들 중에서 전화를 받은 사람은 극소
수뿐이었다.

그나마도 보상에 대한 이야기는 전혀 없었다.

"도리어 저한테는 뭐라고 했는지 아십니까?"

"뭐라고 하던가요?"

"판매량이 줄었으니 가능하면 족발의 구입량을 늘리라고
하더군요. 하! 이게 말입니까, 방구입니까?"

판매량이 줄어든 것은 당연히 자신들이 사고를 쳐서 그런

것이다.

그런데 그 피해를 보충하기 위해서 가뜩이나 판매량이 뚝 떨어져 고민하는 지점의 주인들에게 도리어 구입량을 늘리라고 하다니.

"언론에 들어갈까 봐 차마 강매는 못 하는 것 같은데……."

"그렇겠지요."

아마도 차마 거절하지 못하고 구입한 사람들에 대해서는, 그들이 어려움을 함께 이겨 내기 위해서 자의로 구입했다는 식으로 이야기할 것이 뻔했다.

"이대로는 당할 수밖에 없다고 생각해서 몇몇 점주들이 모였습니다. 하지만 솔직히 방법이 없네요."

저항하고 싶어도 저항하기 힘든 게 갑에 대한 을의 입장이다.

프랜차이즈의 본사는 갑이고 가맹점은 을이라는 것이 현실.

"가장 큰 문제가 뭡니까?"

"한두 개가 아닌데요."

"그럼 질문을 바꿔 보죠. 왜 나가지 못하는 건가요?"

"그거야 여러 가지 이유가 있지요."

첫 번째는 위약금, 두 번째는 가게, 세 번째는 생계의 문제다.

나가려면 위약금을 내야 하는데 그 돈이 적지 않다.

어떻게 해결한다고 해도, 일단 가게를 내는 데 들어간 돈이 적지 않다.

만일 계약을 해지하고 가게를 다시 살려서 장사하려면 직접 족발을 만들 줄 알아야 한다.

하지만 이런 프랜차이즈의 경우는 대부분 공급되는 것만 내보내기 때문에 직접 족발을 만들 줄 모른다.

당연히 장사도 못 해 생계에 타격이 심하다.

"그냥 확 죽느냐, 천천히 말라 죽느냐의 차이군요."

"그나마 후자가 가능성이라도 보이니까 붙잡고 있는 수밖에요."

전자는 죽으면 회생도 못 한다.

하지만 운이 좋아서 황부자네 족발이 기사회생한다면 이들이 살아날 수도 있다.

그러나 노형진은 고개를 절레절레 흔들었다.

'그럴 가능성은 낮지.'

한국에서 족발집은 흔한 가게 중 하나이고 또 가장 많이 생기는 프랜차이즈 중 하나다.

그들이 아무리 기사회생을 하고 싶다고 해도 사람들이 쉽게 돌아갈 만한 상황이 아닌 것이다.

거기에다 기사회생을 한다고 한들, 그 과실을 본사에서 지방 지점의 주인들에게 나눠 줄까?

'차라리 그대로 이름만 바꾸는 게 훨씬 편하지.'

프랜차이즈는 기업임과 동시에 브랜드다.

황부자네 족발이라는 브랜드의 수명이 다했다면 회사는 다른 브랜드를 만들어서 그곳을 우선으로 공급하면 그만이다.

그건 어려운 일이 아니다.

'그리고 그런 식으로 하는 놈들도 많고.'

정작 망해 가는 것은 과거의 브랜드를 붙잡고 있는 가맹점주들뿐이다.

새로운 브랜드로 들어가고 싶어도 엄밀하게 말하면 전혀 다른 계약이기 때문에 저쪽과 다시 계약을 해야 한다.

그런데 그때는 가맹비를 따로 받는 데다가, 그 브랜드에 맞는 내부 디자인을 다시 해야 하기 때문에 돈은 더 들어간다.

"좋은 방법이 없나요?"

"사실대로 말하지요. 지금은 듣기 좋은 소리로 뭘 어떻게 할 수 있는 방법이 없으니까요."

"네, 제발 그래 주시면 감사하겠습니다."

못 이긴다고 포기하라고 하는 변호사가 대부분이었다.

하지만 그런 인간들은 차라리 양심이라도 있는 것이다.

이길 수 있으니 일단 계약부터 하자고 꼬드기는 변호사들도 적지 않았다.

그런데 정작 어떻게 이길 수 있느냐고 물어보면 대답하지 않는다. 업무상 비밀이라고 말이다.

그러니 차라리 진짜 진실된 대답이 필요할 때였다.

"지금 상황에서 살아남는 방법은 그 브랜드를 버리는 것뿐입니다."

"브랜드를 버리라고요?"

"네. 이미 황부자네 족발이라는 브랜드의 가치는 끝났습니다. 그 브랜드를 버리고 다른 브랜드를 이용하셔야 합니다."

"하지만……."

물론 그런 의견도 나왔다.

하지만 그러기 위해서는 일단 계약 해지 소송에서 이겨야 한다.

그리고 자신들은 족발을 만들 줄 모르니 다른 프랜차이즈에 새로 가입하여 공급받아야 하는데, 그 과정에서 가맹비는 어떻게 구하냐는 문제가 있다.

그것까지 해결된 뒤에도, 그곳 브랜드 이미지에 맞게 실내 디자인을 바꿔야 한다.

"우리에게는 여유가 없습니다."

"여유는 만드는 겁니다."

"돈이 있으면 평등재단에 찾아가지도 않았지요."

방법이 없으니까 혹시나 하는 마음으로 평등재단을 찾아

간 것이다.

안 그래도 매출이 바닥을 쳐서 하루하루 허덕이는 판에 어떻게 돈을 마련한단 말인가?

"들어가는 게 아니라 만드시는 게 최우선입니다."

"예?"

전혀 생각하지 못한 말이었다.

새로운 브랜드를 만든다?

"아마 지금 그곳에서 나오고자 하는 가게가 적지 않을 겁니다. 그들과 함께 새로운 브랜드를 만드는 것이 현재로서는 최선입니다."

새로운 브랜드를 만들고 실내디자인은 최소한으로 한다면 1천만 원 선에서 바꿀 수 있다.

그러면 일단 황부자네 족발이라는 부정적인 이미지에서 벗어날 수는 있다.

"그거야 좋은 방법인데……."

한수호는 머리를 긁었다.

확실히 좋은 방법이기는 하다. 하지만 여전히 문제가 존재한다.

"위약금과 족발 공급이 문제인데요. 우리는 프랜차이즈라……."

진짜로 현장에서 족발을 만드는 게 아니라 미리 만들어진 족발을 공급받는 형태다 보니 족발을 만들 줄 아는 사람이 없다.

"족발을 공급해 줄 업체를 찾아야지요."

"그게 쉬울 리가요. 어중이떠중이 업체를 찾는다면 우리도 곤란합니다."

냉장 족발을 공급하는 곳은 많다. 중요한 것은 맛이다.

맛이 없는 족발을 사다가 팔아 봤자 매출이 낮을 것은 당연한 일이다.

그렇다고 시중에 있는 족발을 팔자니, 누구나 다 아는 맛이다 보니 차별성이 없을 수밖에 없다.

"그 부분에 대해서는 제게 방법이 있습니다."

"방법?"

"네. 일단은 계약 해지의 부분에 대해서는, 저들에게 브랜드 가치 하락의 책임을 지게 만들면 됩니다."

"그게 무슨 말씀이신지?"

"사람들이 잘 모르는 것 중 하나가, 사실 갑과 을처럼 보이지만 공식적으로 계약은 평등하게 이루어진다는 거죠."

"그거야 공식적인 거 아닌가요?"

"네. 하지만 중요한 건 재판이라는 것은 공식적인 과정이라는 겁니다. 예를 들어 보죠. 만일 어떤 연예인이 이름을 내걸고 음식을 만들어서 판다면 어떻게 될까요?"

실제로 그런 일은 흔하게 벌어진다.

국지니빵이나 핑클빵같이 당대 스타들의 이름을 빌린 물

건들이 적지 않게 나왔고 지금은 식당부터 편의점, 심지어 쇼핑 채널까지 많이 나간다.

"그런데 그런 연예인이 그 이름을 더럽히는 일을 해서 브랜드 가치가 상실되거나 도리어 타격이 크다면 어떻게 될까요?"

"그거야……."

당연히 그 브랜드는 폐기해야 하며 그걸 쓰던 사람들은 엄청난 피해를 입게 되어 있다.

그리고 그 브랜드를 쓰던 사람들은 그 연예인에게 적지 않은 손해배상을 청구한다.

그 이름이 브랜드로서 가치가 인정되는 이상 그걸 보호해야 할 책임을 가진 사람이 그러지 못했기 때문이다.

"이 경우는 황부자네 족발이라는 브랜드에 심각한 타격을 입은 겁니다."

"그런데요?"

"아까 전에 말한 사건과 다른 것은, 이 브랜드가 연예인 브랜드가 아니라는 것뿐이지요."

"그 말은, 우리가 회장과 본사에 손해배상을 청구할 수 있다는 뜻인가요?"

"그렇습니다."

황부자네 족발은 브랜드이고, 노형진의 말대로 점주들은 그들의 이미지를 빌려서 장사하는 것이다.

그러니 엄밀하게 말하면 계약 위반을 한 것은 그쪽이다.

"으음."

물론 저쪽에서 저항할 것은 당연한 일이다.

대부분의 경우 법적인 책임을 들고 나오면 상대방은 소송과 계약 해지를 들고 나오면서 겁준다.

그리고 그 때문에 을인 가맹점주들은 대부분 어쩔 수 없이 끌려가는 것이다.

"저들이 갑질을 할 수 있는 것은 자신들이 공급 라인이기 때문입니다. 하지만 공급을 다른 곳으로 돌릴 수 있다면 이야기는 달라지지요."

"하지만……."

한수호는 곤란한 표정이 되었다.

"홍보 같은 게……."

"그러니까 자체 생산을 하시라는 겁니다. 정확하게는 모여서 자체 브랜드를 만드시라는 거죠."

"어떻게요?"

"족발을 만들 줄 아는 사람은 많습니다."

"에?"

"족발을 만들 수 있는 사람은 많습니다. 그중에서 상당수는 맛있게 만들 수도 있지요."

문제는 그들은 족발을 만들어서 유통시킬 시스템이 없다는 것이다.

그래서 그들은 그저 자체 생산 및 소비로 만족할 수밖에 없다.

"그런데 그들이 제대로 만들어서 공급할 수 있다면요?"

그렇다면 충분히 자신들에게 공급할 수 있을 것이다.

"그러니까 기술자를 고용하라 이겁니까?"

"맞습니다."

"음."

한수호는 약간 고민하는 표정이 되었다.

그건 생각해 보지 못한 선택지다.

지금까지 어떻게 해서든 브랜드 내에서 해결하려고 했는데, 아예 자체 브랜드를 만든다는 방법이 있을 줄이야.

"하지만 홍보가……."

"홍보는 다른 것으로 하면 됩니다. 바로 가격이지요."

"가격?"

"네. 자신만의 브랜드라면 가격을 낮출 수가 있지요. 상표권에 대한 돈을 줄 이유가 없으니까요. 이미지가 망가져 버린 현재 브랜드보다 차라리 남이 모르는 새로운 브랜드가 더 유리할 수도 있는 법입니다."

확실히 본사에서 가지고 가는 것만 아껴도 가격은 확 떨어진다.

똑같은 족발이라면 사람들은 가격이 싸고 저렴한 곳을 고르기 마련이다.

"자신만의 브랜드라……."

"그걸 보통 노브랜드라고 합니다."

노브랜드란 브랜드가 없다는 뜻이 아니다. 차라리 유명하지 않은 브랜드라는 말이 맞을 것이다.

쓸데없이 대기업에 비싼 돈을 주는 대신에 품질로 승부를 본다는 뜻이다.

"음."

어차피 나가야 할지도 모른다고 생각하던 차였다. 그러니 노형진의 말에 관심이 가기는 한다.

'족발 전문가라…….'

찾아보면 찾을 수는 있을 것이다.

수십 군데에서 돈을 조금씩 모아서 그를 고용하면 족발 공장을 만드는 것도 어려운 일은 아닐지도 모른다.

그렇다면…….

"하지만 돈이 없는데요."

가장 큰 문제는 역시나 돈이다.

돈과, 계약 해지의 문제.

"그리고 본사에서 계약 해지를 해 줄 리 없지 않습니까?"

"그건 법정으로 가서 싸워야지요."

그건 노형진이 할 일이다.

저쪽에서는 당연히 놔주지 않을 것이다. 어찌 되었건 저들이 자신들에게 적을 두고 있는 이상 가맹점비를 받을 수 있으니까.

'이쪽에 공급처가 없다고 한다면 계약 해지를 가지고 겁을 주겠지만.'

노형진의 계획대로 공급처가 생긴다면 도리어 저들은 계약 해지를 해 주지 않겠다고 협박할 것이다.

"그러니 법대로 해야지요,."

"하지만……."

계약 해지에 관해서는 어마어마한 손해배상 규정이 있다.

그리고 그 부분 때문에 대부분의 사람들은 계약을 해지할 생각도 하지 못한다.

"그래서 제가 아까 평등 이야기를 꺼낸 것입니다."

"네?"

"예를 들어 보죠. 계약서의 조항 중에 일방적으로 불리하게 작용하는 것이 있지요?"

"네."

지금 같은 경우가 바로 그런 경우다.

"하지만 계약서를 만들 때 그 조항에 대해서 특별한 약정을 하지 않는다면, 그 조항은 반대되는 경우에도 적용됩니다."

"그게 무슨 말씀이신지?"

"어떤 일을 할 때, 보통 계약금을 걸지요? 그걸 가지고 설명하면 편하겠군요."

가령 집을 살 때 계약금으로 500만 원을 냈다고 치자.

그런데 구매자가 변심하여 집을 사는 것을 포기하는 경우 그 계약금 500만 원은 돌려받지 못한다.

귀책사유, 그러니까 책임져야 하는 사유가 구매자에게 있기 때문이다.

하지만 반대로 판매자가 갑자기 변심해서 이 집 안 판다고 버텨 버리면, 그 500만 원만 돌려주면 끝일까?

아니다. 법적으로는 그 500만 원에 그에 상응하는 금액인 500만 원을 더 줘야 한다.

이번에는 귀책사유가 판매자에게 있기 때문이다.

구매자는 계약을 믿고 기존에 있던 집을 빼거나 다른 거래의 기회를 포기했으니 그에 대한 배상을 해야 하는 것이다.

"보통 사람들은 그냥 계약금만 돌려받고 끝내는 경우가 많은 것 같지만."

그건 법을 잘 몰라서 그런 것이다.

"그런데 저한테 보여 주신 서류를 보면 이런 조항이 있더군요, '브랜드의 가치를 하락시키거나 이미지를 손상시킬 수 있는 행위를 하는 경우 계약을 해지할 수 있다.'라는."

"네."

"그건 반대로도 적용이 가능합니다."

물론 계약서에 본사가 브랜드 이미지를 해치거나 하는 경우 배상하지 아니한다는 식의 조항이 있으면 하지 않을 수도 있다.

'하지만 그런 경우는 불공정 계약에 들어가지.'

이번 같은 경우는 그런 조항이 없다.

즉, 본사 또한 브랜드 가치를 보전할 책임이 있는 것이다.

"그걸 물고 늘어지는 겁니다."

"으음."

한수호는 한참 입을 다문 채 생각에 잠겼다.

그런 부분은 생각하지 못했다.

하지만 싸워 볼 만은 할 듯했다, 특히나 자체 브랜드를 쓴다면.

"한 가지만 묻겠습니다."

입을 연 한수호의 눈이 빛나고 있었다.

"이길 수 있습니까?"

노형진은 고개를 끄덕거렸다.

"이길 수 있습니다."

다음 권으로 이어집니다

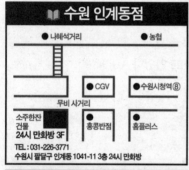
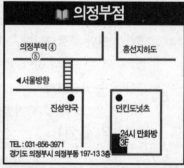

ROK
MEDIA

인챈트로 인생역전!

김도훈 현대 판타지 장편소설

옷이 안 팔려? 업그레이드하면 되지!
생태계 파괴급 스킬로 패션 시장을 장악하다!

무리한 확장과 경기 불황으로 의류 사업에 실패한 현성
쓴맛을 삼키며 빚뿐인 앞날을 고민하던 그때
물려받은 골동품에서 우연히 얻은 능력, 인챈트!

인챈트에 성공합니다. 티셔츠의 성능이 향상됩니다.

의류, 가죽, 금속! 손에만 걸리면 등급 업!
대기업의 견제와 갑질을 뚫고 승승장구하는 사업!

한국 경제를 뒤흔들 사업가의 등장!
패션계를 다시 쓸『인챈트』스토리가 시작된다!

소울
SOUL SYNERGY
시너지

구현 현대 판타지 장편소설

**이성과 경험의 정문현, 본능과 감의 이영호
두 영혼의 초월적인 시너지로 불합리한 세상에 맞서다!**

무역회사 중역으로 살다가 암 투병 중 사망한 정문현,
목적 없이 살던 고아, 이영호의 몸속으로 들어갔다!
뭐? 둘의 영혼이 저승의 실수로 합쳐진 거라고?

한 개의 영혼, 두 개의 기억
저승사자의 사과 선물로 받은 수상한 인벤토리로
소박해도 좋으니 행복하게만 살자고 다짐하는데……

고아원 원장부터 경찰들까지,
나한테 왜 이렇게 갑질을 해 대는 거야?

**'평범'을 지향하는 이영호의
세상의 갑질을 향한 기상천외 사이다 원 샷!**

이계
검왕
생존기

임경배 퓨전 판타지 장편소설
ROK FUSION&FANTASY STORY